噬血狂襲

STRIKE THE BLOOD

20

再會吸血姬

三雲岳斗

illustration マニャ子

Kadokawa Fantastic Novels

奧蘿菈・弗洛雷斯緹納
「焰光夜伯」Kaleido-Blood
空靈的第十二號睡美人

曉古城
「第四真祖」The Fourth Primogenitor
世界最強的「怠惰」吸血鬼

香菅谷雫梨・卡思緹艾拉
「修女騎士」Paladiness
至純無上的炎劍守護騎士

姬柊雪菜
「劍巫」Swords-Shaman
獅子王機關的嬌柔監視者

艾索德古爾・亞吉茲
「滅絕之瞳」Fall Gazer
統領破滅的妖媚死者之王

嘉妲・庫寇玖
「混沌皇女」Chaos Bride
變幻莫測的姝麗翠眼暴君

Contents

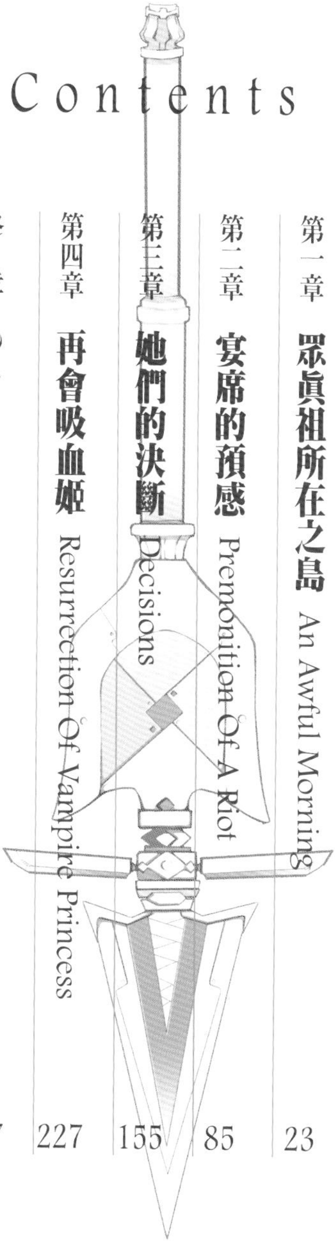

三雲岳斗
illustration マニャ子

STRIKE THE BLOOD

噬血狂襲

再會吸血姬

20

Kadokawa Fantastic Novels

序章

Intro

月光從天窗落下，照著少女的臉龐。
彷彿月光本身化成了結晶，空靈美麗的少女。
剔透白皙的肌膚，感受不到體溫。
編成麻花辮的長長金髮，色澤隨光線角度變得有如搖曳的火焰。
碧藍發亮的雙眸浮現了純粹的疑惑之色。
她連自己為什麼會存在於這裡都無法理解。
宛如剛從一場漫長的夢醒來。
或者也可以說，宛如剛復甦的死者——
「早，睡美人。這是個迷人的夜晚。」
少女忽然聽見別人的聲音，就緩緩將視線轉了過去。
在少女所躺的床鋪旁邊站著身穿皺巴巴白衣的女子。
看似恍惚愛睏的眼神，蓬亂的頭髮，給人印象與緊張感無緣的女子。
「還記不記得我是誰？」
白衣女子帶著看起來格外稚氣的笑容，親切地朝少女問道。

「深森……」

少女反射性地回答到一半，就混亂似的把話打住。記憶跟他人的回憶混雜在一起，她分不清楚從哪裡到哪裡的內容是屬於自己。

「妳是我……非也，妳是那位善良巫女的母親嗎……」

「完全正確。果然妳跟凪沙一直共有意識呢。」

白衣女子興趣濃厚似的望著困惑的少女，露出了微笑。

ＭＡＲ——Magna Ataraxia Research醫療部門的研究主任，同時也是曉古城的親生母親，曉深森。在曖昧如夢的記憶裡，少女認識了她，還知道她是曉凪沙的母親，更是名為第十二號奧蘿菈的人工吸血鬼的研究者——

「此乃何處？」

少女害怕似的環顧周遭問了。

四面被透明玻璃牆包圍的廣闊房間；不存在於她記憶之中的房間。

少女的床鋪旁邊設了許多醫療機器將她圍住，從中伸出的纜線與管線接在她細細的手臂上。

看起來雖然也像醫院或研究所，覆有厚實混凝土的地板及牆壁頗煞風景，還有幾分壓迫感，簡直像用於觀賞凶猛野獸的牢籠。

「很安靜吧？這裡是蔚藍樂土的魔獸庭園喔。」

「蒼之……樂園？」

少女訝異似的微微抖了眉毛。

作為絃神島「魔族特區」的一部分，建造於太平洋上的增設人工島（Sub Float）。少女心中有著往日造訪那座設施的記憶，以名為曉凪沙的人類身分去觀光的往日記憶。

「我事先把沉睡的妳帶來了這裡。因為絃神島本島的狀況變得有點嚴重。妳之所以會醒來，理由也在這裡。」

「王……王者們的降臨？」

正是如此——曉深森笑容可掬地點了頭。

少女微微咬住嘴脣。宛如鳥兒會察覺暴風雨接近的跡象，她敏銳的感官已經捕捉到了出現於絃神島的龐大魔力。

足以匹敵天災的壓倒性魔力源。

三尊吸血鬼真祖在絃神島出現了。

於是受他們的魔力影響，少女的肉體甦醒了。沉睡於少女體內的獸之意識讓身為宿主的她醒了過來，以防備逼近而來的危機——

「身體的狀況如何？」

深森仍把手插在白衣口袋，還用閒話家常般的語氣問道。

「無恙——」

沒有問題——少女回答到一半就微微地吞了口氣。

從她腦海裡浮現了自己死去的那幕光景。

為了將可稱作弒神兵器意識的邪惡魂魄「原初(Root)」消滅，她死去了。自己用破魔尖樁貫穿胸口之後，她的肉體便消滅了。

即使以曉凪沙為宿體讓靈魂留於現世，那也不過是自身存在的殘滓。只要時間經過，遲早會像空靈幻夢般消逝才對。

然而，少女如今被賦予了現實的肉體。

與生前絲毫無異的血肉之軀。吸血鬼的肉體。

「我本已喪失的靈魂容器……？」

少女望著自己的雙手，發出驚呼。

曉深森望向愕然的少女，溫柔地瞇細了眼睛。

「那是第六號(Hektos)為妳留下的身體喔。藉由覆寫血之記憶的形式，妳繼承了那副身軀。原本是同樣的基體，所以妳應該不會覺得有異樣。」

「我這副肉身，是第六號的聖骸……？」

少女茫然嘀咕。她好似在壓抑滿盈的情緒，微微咬住嘴脣。

「目前，第六號在古城的體內喔，成了第四真祖眷獸的一部分。」

「古城……！」

少女彈也似的抬起了臉。她粗魯地扯掉扎在手臂上的點滴管線，並且逼近深森。

「領我至古城身邊……！」

「是啊。我也想讓妳和古城見面，但現在可能有點困難。」

深森稍稍搖頭，然後用紗布抵在少女手臂的傷口上。將流出的血擦掉以後，傷口已經消失了。是吸血鬼具備的痊癒能力。

「為何……？」

少女責備般瞪向深森。

就在隨後，有空氣外洩似的聲音發出，牆壁的一部分開啟了。

走進來的是一名率領著武裝士兵集團的白衣男子。

男子俯視少女的眼神蘊藏著凝視無機物一般的冷冷光彩。

少女似乎害怕他那樣的目光，繃緊了身體。

並不是因為她從男子的視線感受到敵意，倒不如說，正好相反。男子只把少女當成單純的實驗動物來看，讓她感到恐懼的是那種冷漠。

「曉主任，辛苦妳了。之後第十二號就交由我們第九研究室（Labo）接手管理。」

白衣男子將顯示在平板電腦的交接文件遞給深森。

「哎呀呀，你們來得真快。」

深森則接下平板，挖苦似的說：好認真工作呢。

白衣男子無視她，又轉向少女。

「受驗體編號，第十二號——接下來我們要對妳進行檢查，因為得先確認肉體、精神還有遭封印的眷獸狀態。」

少女畏懼似的繃緊身體，士兵們默默將槍口指向她。

他們的裝備是用於捕捉吸血鬼的短針槍（Needle Gun），發射大量銀鈦合金所製的針讓吸血鬼無力化，違反聖域條約的非人道武器。

然而，白衣男子只在表面上親切地朝少女開口：

「不過，請放心。對於妳的人身安全，我們ＭＡＲ會予以保證。畢竟妳是現存的最後一名『焰光夜伯（Kaleido Blood）』——『天部』所留下的遺產。」

「唔……啊……」

彷彿要拒絕男子的那些話，少女幽幽搖頭。

可是，男子沒有展現出關心少女態度的舉動。對他來說，實驗動物的心思毫無意義。

理解到這點的少女心頭湧上絕望。

少女並不是在害怕男子或他所率領的那些士兵。她怕的是她自己——沉睡在自己體內的眷獸。

那頭自尊心強的冰之妖鳥絕不會容忍身為宿主的少女被這樣對待才是。而且眷獸要是懷著憤怒醒來，一切就完了，男子們將會跟著這座小小的人工島一起消滅。

少女無法阻止這種事發生。

因為她單純是一道封印，而非眷獸的支配者——

「假如妳肯乖乖聽話，還可以吃到好吃的東西喔，可以嗎？」

彷彿在鼓勵發抖的少女，深森口氣開朗地說道。

「是啊，當然了。」

白衣男子依舊面無表情地附和。

深森則使壞似的揚起嘴角微笑說：

「但是，問題倒不在那裡呢。」

「……曉主任？妳到底要做什麼……？」

白衣男子蹙了眉。因為深森若無其事地靠近床鋪，還拿某種東西抵到少女嘴邊。

形似潛水面具的那塊裝置是軍用防毒面罩，當白衣男子等人發現這一點的瞬間，從天花板就洶湧噴出了紫色的煙。那陣煙一轉眼便籠罩於密閉的室內，奪走士兵們的視野。

「這是麻醉瓦斯……！」

白衣男子邊咳嗽邊跪了下來。為防備受軟禁的吸血鬼發飆，設置在室內的麻醉瓦斯噴射裝置。曉深森動用了那東西。

「原來妳把持了研究所的保全系統！究竟為什麼，要這樣做……？」

白衣男子一邊驚呼一邊倒在地上。

原本拿短針槍瞄準的那些士兵也在開槍前就遭到無力化。由於他們只有提防吸血鬼少女的行動，對瓦斯從天花板噴出的反應就慢了。

用來對付吸血鬼的麻醉瓦斯對人類效果薄弱。即使如此，猛烈的肌肉鬆弛效果仍強得足以讓人瞬間動彈不得。

曉深森把持研究所系統一事並不令人訝異。她是經歷感應能力者（Psychometrer），還是ＭＡＲ醫療部門的負責人，再怎麼嚴密的密碼在她面前都會完全洩露，要偽造活體認證所需的細胞組織應該也易如反掌。

問題在於深森為什麼會玩這種背叛ＭＡＲ的花樣。

不過深森沒有回答男子的疑問，而是朝金髮少女伸手。

「我們走吧，睡美人——留在這間研究所已經沒有用了。」

少女被同樣戴著防毒面罩的深森牽著手，光腳下了床。

深森牽著她的手，逃離被紫煙籠罩的玻璃牢籠。

「妳……妳要領我至何處，能洞穿過去的治療者？」

少女走在如迷宮般錯縱複雜的通道問道。

「到『聖殲』的祭壇——絃神島。」

深森拿下防毒面罩，轉過頭對少女說。

建築物裡響起警報聲。在通道巡邏的武裝警備器感應到少女逃走，便聚集過來擋住她們的去路。

大小像垃圾桶一樣的圓筒形警備器裝載著與粉彩色可愛外表並不搭調的粗獷機槍。

但是那些槍口尚未指向她們，警備器的機身就被衝擊貫穿了。

碎散的玻璃如雪片般灑落，槍聲遲了一會才傳來。

警備器火花四濺地飛了出去，然後撞在走廊牆壁而停下動作。

機身中央被打穿的是彈孔。

在窗外，距離四五百公尺而且並無關聯的大廈樓頂上，可看見有個人影架起了大型反器材步槍瞄準。那是個將襯衫穿得邋遢，散發出慵懶氣質的中年男子。

就是那男的狙擊警備器，救了少女和深森。

男子接連以步槍開火，將那些警備器陸續射穿。

深森應該是篤定男子會保護她們，她悠然穿過了那些被破壞的警備器，直接朝建築物的出口而去。

名為魔獸庭園的巨大研究設施，在建築物與建築物之間有運河如網目般流過。

在運河的水面上浮著一艘汽艇。

深森毫不猶豫地搭上那艘汽艇，還向少女招了招手要她過去。

「為了古城，我們需要妳。能不能請妳出力幫忙呢，奧蘿菈·弗洛雷斯緹納？」

深森發動了汽艇的引擎，並且仰望遲疑的少女問道。

少女猛然抬起臉，用力點了頭。

「可……可以……！」

與高傲的遣詞呈對比，聲音發抖的少女戰戰兢兢地跳上汽艇。

而深森望著少女，像在哼歌一樣笑了笑。

「……對了對了，這給妳。剛醒來肚子餓了吧？」

深森在汽艇的駕駛座東翻西找，然後取出一個小小的保冷盒。大量乾冰裡混著五顏六色的冰棒，把冰盒塞得滿滿。

少女——奧蘿菈收下其中一支冰棒，這才首度露出了微笑。

「美味。」

載著少女的汽艇濺出白色水花，在夜裡的運河上逐漸加速。

這是在領主選鬥幕後悄悄發生的一樁小小事件——

第四真祖，曉古城的故事，開始迎向終結。

第一章 眾真祖所在之島

An Awful Morning

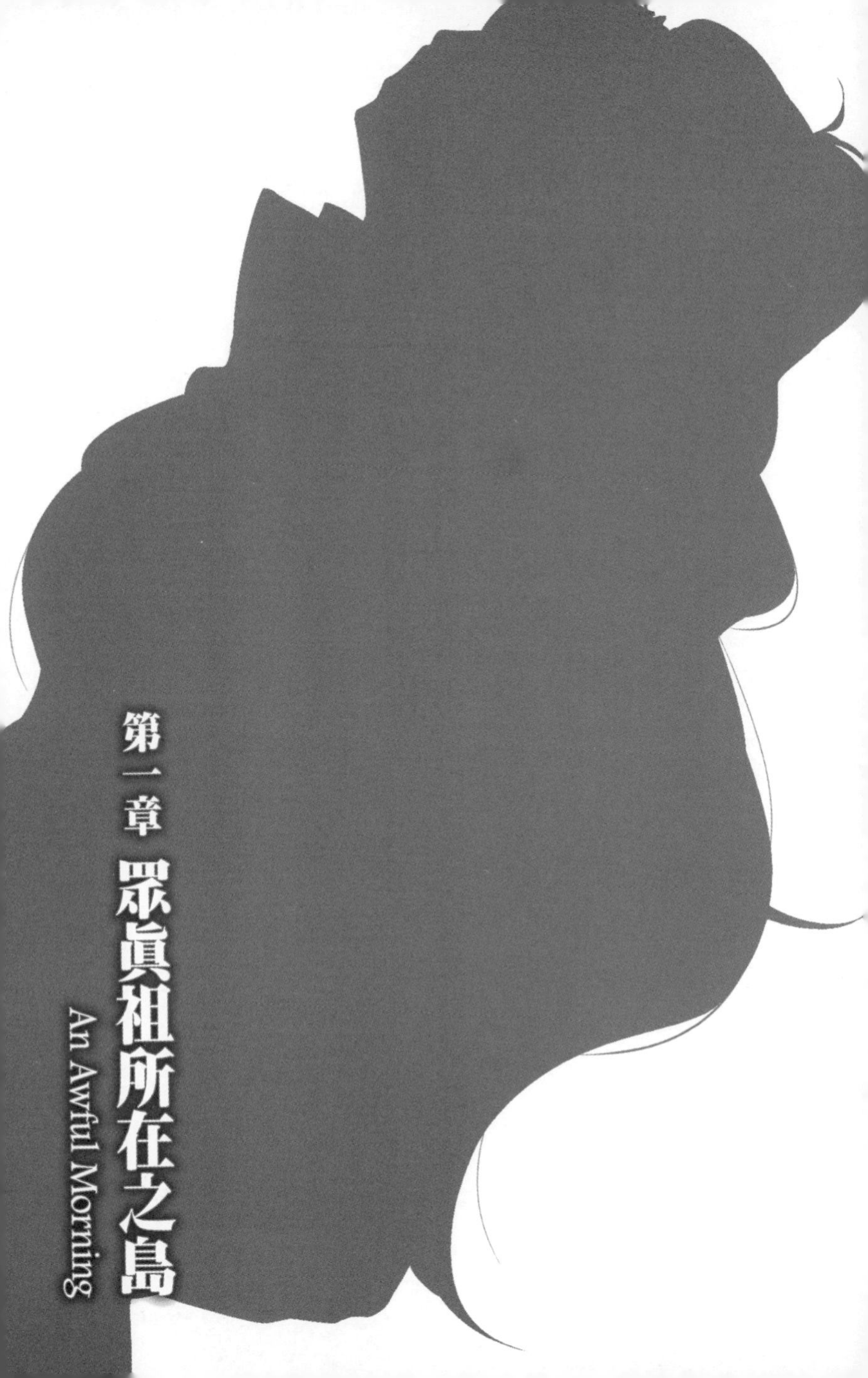

1

黎明前的海面如鏡子般風平浪靜。

以泛白幽亮的海平線為背景，有都市的形影像蜃景一樣浮現。

那座城市名叫絃神島。浮於太平洋上的小島，由碳纖維、樹脂、金屬和魔法所打造的人工島。

有一頭魔獸張開了巨大的翅膀，乘著氣流一邊滑翔一邊接近那座機械城市。那是覆有鐵灰色鱗片的美麗飛龍。

「——響鳴吧。」

獅子王機關的舞威媛——斐川志緒搭在龍背上，誦出了肅穆的禱詞。

她從胸口取出的成疊咒符幻化成海鳥，陸陸續續地起飛。

不具戰鬥能力的簡易型式神。儘管持續時間也短，用於偵察已經足夠。

作為式神素材的咒符並不是獅子王機關的正規裝備，而是志緒用市面上的墨水搭配和式紙手製而成，導致那些海鳥的滑稽外形跟塗鴉有幾分接近。志緒並不擅長製作咒符——倒不如說，美術並非她的長項。

即使如此，創造出來的海鳥型式神們仍聽從命令，逐漸朝絃神島飛近。

藉那些式神的視野掌握絃神島上的狀況。志緒的目的便是如此。

倘若順利找到曉古城的下落，能直接跟他會合當然最好——

當志緒如此冒出一絲欲求的瞬間，接近於靜電的疼痛就觸動了她的神經。

送出的式神遭受攻擊，其衝擊傳給了身為施術者的志緒。

最初的一具被破壞之後，接下來便是一面倒。體感時間還沒經過三十秒，志緒操控的十二具式神就全被擊墜而消滅。

「志緒……！」

羽波唯里朝痛苦得站不穩的志緒回過頭，並且關心了一句。

既認真又可愛，身為劍巫也很優秀的她是志緒引以為傲的搭檔（室友）。為了不讓貼心的好朋友擔憂，志緒硬是擠出笑容。

「有點麻而已，不成問題……但是，這下頭痛了。絃神島上空全是那些魔法師的使役魔，要避開監視將式神送到島上或許有困難。」

「畢竟夜之帝國（Dominion）的軍隊到了嘛。」

唯里介意著被海風吹亂的瀏海，一邊瞪向洋上的絃神島。

是啊——志緒默默點頭，然後把目光轉到另一名同乘者身上。

形同被唯里抱穩，還跨坐在龍背上的人，是個金髮碧眼的嬌小少女。

與其稱作跨坐，精確來講應該是拚命巴著龍背以免被甩下去才比較接近實態。

她穿著附有兜帽的寬鬆外套，底下則莫名其妙地搭了彩海學園的制服。

看她怕得把身體縮成一團，應該沒人能認出她正是世界最強吸血鬼——至少，她是其中之一。

連護衛她的志緒等人至今也覺得難以相信。

「奧蘿菈，妳還好嗎？」

唔——微微開口的少女差點乾嘔，唯里連忙輕撫她的背。

「晃、晃動……招致混沌……」

少女斷斷續續把痛苦的嗓音串成句子。

回過頭來的她臉色蒼白，碧藍眼睛恍惚似的飄忽不定。坐在龍背上搖來晃去似乎使她湧上了噁心與目眩感，簡單來說就是暈車症狀。

「再一會就到了，加油。要不要幫妳把裙子調鬆？目光盡量放到遠方喔。」

「……了、了解……」

少女發出氣若游絲的聲音，然後垂下肩膀低著頭。

坐前頭的她要是吐出來，肯定所有人都會遭殃。因此，照顧少女的唯里臉色也很認真。載著她們的飛龍——葛蓮妲也顯得有幾分不安。

「最後的『焰光夜伯』是嗎……」

志緒心情複雜地望著因為暈車症狀而精神不濟的少女，一面無意識地喃喃自語。

第十二號的「焰光夜伯」——奧蘿菈·弗洛雷斯緹納。

那是少女被賦予的名字。體內封印著第四真祖的眷獸，世界最強的吸血鬼之一。

而志緒她們為了讓奧蘿菈跟在絃神島某處的曉古城見面，正要前往變成戰場的絃神島。

可是，志緒早早就開始後悔接下這項任務。

理由不是因為少女靠不住。當然，這樣的想法在志緒心裡並非為零，但她感受到的，反而是一股莫名的恐懼。

覺醒後的奧蘿菈和曉古城接觸時，沒有人知道會發生什麼事。說不定她的存在將促成無法挽救的災厄。

何況絃神島正在進行領主選鬥，並非處於正常狀態——所有真祖集結到此，已經化成一觸即發的超危險地帶。

把最後的「焰光夜伯」放到那種地方，感覺不就像在飢餓鯊魚的水槽裡放進一條毫無防備的小魚嗎？

而且那條小魚或許還具有足以汙染整座海域的劇毒。

「欸，唯里，讓這孩子跟曉古城見面真的好嗎？」

志緒壓低聲音在唯里耳邊細語，以免讓奧蘿菈聽見。

唯里彷彿也在憂慮這一點，態度沉重地點了頭說：

「嗯，很讓人擔心耶……畢竟奧蘿菈這麼可愛。」

「妳說……可愛？」

從好友口中出現了意外的形容詞，讓志緒冷不防地發出糊塗的聲音。

另一方面，唯里卻愉悅似的亮起眼睛說：

「我一直覺得很不可思議，古城為什麼沒有跟雪菜（小雪）交往呢？」

「交往？姬柊雪菜是曉古城的監視者吧？談交往……太不檢點了嘛。」

「妳在講什麼啊，志緒？任務歸任務，戀愛歸戀愛（那碼歸那碼，這碼歸這碼）。交往反而是對監視有利的耶！」

「呃，這種事情，問題不在有不有利吧。」

「畢竟妳想想嘛，女方是雪菜耶。跟那種可愛的生物二十四小時黏在一起喔，沒對她有好感根本不可能吧？換成是我絕對忍不住，我當天就會求婚並且預約舉行婚禮的會場。」

「……妳變得跟煌坂一個樣嘍，唯里。」

志緒語帶嘆息地勸了興沖沖的好友。

「姬柊確實是個漂亮的女生，但他們沒在交往也不至於讓人多意外吧。再說姬柊也有選對象的權利，曉古城就算另外有喜歡的人——」

「沒錯！就是那樣喔，志緒！」

唯里興奮似的嚷嚷著對志緒比出了食指。

「咦？」

「妳剛才提到古城喜歡其他女生的看法。」

唯里把臉湊向志緒，小聲告訴她。在唯里側眼看去的方向則有奧蘿菈縮成一團的身影。

「難道妳想說，她就是曉古城著迷的對象？」

「可能性應該不低啊。」

「這個嘛……畢竟他們的關係已經深到可以轉讓第四真祖的能力……」

志緒交抱雙臂，凝視趴下去的金髮少女。

苦於暈車症狀的奧蘿菈任誰看了都會覺得只是個對人畜無害的美少女。

據獅子王機關的資料所示，曉古城從國中三年級的秋天起，跟她一起生活了半年左右。

對於他們兩個在那段期間的關係，志緒等人並不知情。然而，儘管不像唯里剛才的台詞那麼誇張，志緒卻也覺得曉古城跟這麼可愛的生物在一起生活半年，沒有陷入戀愛是很不自然的。

而且，至少奧蘿菈就對曉古城抱有好感，這是不會錯的。否則，曉古城根本不可能成為第四真祖。

「果然不妙耶……」

唯里用嚴肅無比的語氣嘀咕。

「咦？妳是指什麼？」

志緒一臉納悶地反問。奧蘿菈跟曉古城關係良好，對志緒她們來說亦非壞事。在目前被末日教團占據的絃神島上，多餘的衝突能夠減少反而是值得歡迎的事。

可是唯里卻越顯苦惱地垂下目光說：

「畢竟古城和奧蘿菈交往，就表示雪菜失戀了啊。」

「啥，失戀？可是，現在又沒有確定姬柊喜歡曉古城吧？」

志緒講話的聲音慌得變了調，卻還是冷靜地予以指正。唯里則傻眼似的搖頭說：

「妳在講什麼嘛，志緒，那只要看雪菜的態度就一清二楚啦。」

「是、是那樣嗎？」

「不會錯。瞞不過劍巫的直覺喔。」

「是、是喔。」

唯里充滿把握的主張讓志緒不由得信服。

接著唯里微微嘆了氣說：

「妳也想想看嘛，當古城和奧蘿菈可喜可賀地修成正果以後，雪菜被迫監視會是什麼樣的心情？」

「那……那確實滿殘忍的……」

志緒心情十分難受地捂住自己的胸口。

她想像了曉古城和奧蘿菈變成情侶以後，雪菜從死角盯著他們看的模樣。與其叫監視者，那已經是恐怖跟蹤狂的行為了。

「而且，我們帶了奧蘿菈到絃神島這一點，或許會成為直接的原因喔……！」

「唔……」

唯里強調般的發言令人發慌，不過志緒仍設法重振心情說：

「就、就算那樣，總不能不讓她跟曉古城見面吧！要終結這場領主選鬥的騷動，只能靠那個男的啊……！」

「唔唔……就是啊……光有『吸血王（The Blood）』就夠棘手了，居然所有真祖都集結在一地，根本不知道怎麼辦才好嘛……」

唯里好似手足無措地仰頭向天。

目前在絃神島，除了「吸血王」率領的末日教團以外，還被三尊真祖和他們的兵力占領了。即使獅子王機關投入全部戰力，也不可能打破這種局面。無論有多危險，即使會讓姬柊雪菜不幸，還是得仰仗第四真祖之力才行。

當志緒如此告訴自己時，葛蓮妲的龐大身軀突然畏懼似的發抖。不知不覺中，紘神島的成群高樓大廈已經接近到用肉眼也能明確看見的距離。

儘管是在黎明前夕，島嶼上空卻有鳥兒們飛舞。

精確來說，應該是看似鳥兒的某種東西。

理應不存在於日本的飛行魔獸，還有以魔法創造的飛行生物。魔法師們用來在領主選鬥交戰的大群使役魔。將志緒的式神擊落下來的也是它們。

「葛蓮妲，高度放低！把紘神新島的遺跡當成掩蔽繞過去！」

「妲～～！」

唯里迅速下指示，鐵灰色飛龍用跟巨軀不搭調的尖細聲音短短地大吼。

在這之間志緒則取出新的咒符，唱誦了複雜的咒言。

六張咒符化成六隻海鳥，飛到葛蓮妲的身邊將她包圍。

海鳥們的嘴裡叼著小小的水晶碎片。志緒以那些水晶為觸媒，布設出結界。飛行式神與移動式結界的複合咒術。幾乎沒有實戰範例的高難度咒術，但併用多項術式是志緒擅長的領域。

「這是隱形的咒術迷彩……？」

唯里望著飛舞在四周的式神，發出感嘆之聲。

志緒所設的結界附有障眼與認知妨害的效果。為了掩飾葛蓮姐接近絃神島的身影，她才用上這道術式，應用了獅子王機關的舞威媛於暗殺任務使用的咒術。

「嗯。不過，這只能妨害人類的認知，即使騙得過使役魔，對空拍機的鏡頭或感應器也沒有效果。唯里，那部分要靠妳的眼睛。」

「我明白了。交給我。」

唯里一邊取出自己的咒符一邊用力點了頭。她身為獅子王機關的劍巫，具有洞見片刻之後未來的靈視能力。運用那種靈視，在我方被發現之前先擊墜空拍機，鑽過絃神島上空的監視網。這就是唯里和志緒為了潛入絃神島而想出的策略。可靠性低的計畫固然魯莽，但是要讓奧蘿菈神不知鬼不覺地抵達絃神島也沒有其他辦法了。

「我們上，葛蓮姐……要靜靜地喔。」

唯里用緊繃的語氣朝飛龍喚道。

姐——葛蓮姐短短地應了聲，然後放慢速度盤旋。

與絃神島本島的距離還剩幾公里，用肉眼也能清楚看見沿海倉庫街的景象。

飛繞於上空的使役魔數量也增加了。

志緒專注於維持咒術迷彩，唯里則凝神望向虛空。大概是唯里她們那種緊張的情緒傳達出去了，連奧蘿菈也把身體繃得緊緊的。

唯有葛蓮妲正愉悅似的晃動巨軀，並且貼著海面逐漸加速。或許她以為這是遠足兼玩捉迷藏。

「來了……！」

志緒察覺大群使役魔接近，就在結印的指頭上使勁。

那些魔獸的形貌類似巨鷲或貓頭鷹。

翼長各為兩三公尺左右。長有利爪及尖角的模樣顯示那種魔獸不只能在空中飛，還具備凶猛的戰鬥能力，恐怕是知名魔法師的使役魔。

而葛蓮妲的巨軀就從那些魔獸的身邊行經而過。

連呼吸都不行的緊張時刻——

然而魔獸們一直到最後都沒有察覺被咒術迷彩包覆的葛蓮妲存在。

接著遇上的其他使役魔也沒有對行經的志緒等人做出反應。並不只是志緒那道結界的效果，因為葛蓮妲可以不散發熱能、魔力以及噪音飛在天空，才瞞得過它們。

「那塊圖徽……是『破滅王朝』的魔導兵團嗎……！」

志緒從錯身而過的魔獸外貌認出了使役魔主人的身分。

刻在魔獸項圈上的，是將六顆眼睛配置成圓形的詭異圖樣。直屬第二真祖「滅絕之瞳」的魔導兵團部隊章。

看來志緒等人選為登陸點的地方似乎是「破滅王朝」的支配領域。

雖說這是無法透過式神事先偵查的結果，但狀況簡直惡劣至極。在三個夜之帝國當中，「破滅王朝」屬於最神祕的國家，跟日本幾乎毫無邦交。第二真祖是何種脾氣秉性，志緒等人根本沒有預備知識。

假設被第二真祖的軍團逮住，要怎麼談判才好？她們連點頭緒也沒有。

「十秒後！前方兩公里處會有無人飛行載具(UAV)！」

唯里的銳利嗓音斬斷了志緒動搖的心思。眼前的空間並沒有任何物體，然而唯里的「眼」已經看見了十秒後會出現在那裡的無人飛行載具機影。

「我明白了。這招規模會比較大喔！」

志緒從揹著的樂器盒取出了銀色西洋弓，將事先準備好的咒箭上弦，拉滿。

「——雷霆召來！」

志緒所射的咒箭在空中形成巨大魔法陣，剎那間，雷電般的熠耀閃光釋放而出。突然綻現的眩目光球席捲了飛來的無人飛行載具，妨害其裝載的電子儀器。魔力及巨響迸發四散，附近巡邏的那些使役魔全被奪走了注意力。

葛蓮妲趁隙突破它們的監視網，一舉入侵至紘神島上空。

「鑽過了嗎！」

確認視野開展以後，志緒鬆了口氣。

於眼底接近的是人工島東區的倉庫街。只要混進那些建築物的死角，接下來就不必介意那些使役魔的監視。

「太好了～～……辛苦妳嘍，葛蓮妲。」

唯里慰勞似的摸了摸鐵灰色飛龍的頸子。

葛蓮妲卻沒有回應。她將巨大的翅膀合起，唐突地加快速度。預料外的俯衝讓奧蘿菈「噫」地發出尖叫。

「葛、葛蓮妲……妳是怎麼了，葛蓮妲！」

差點被甩下去的唯里狀甚疑惑地問。

隨後，志緒等人的視野忽然蒙上陰影。

「什……！」

彷彿要跟曳空的葛蓮妲相疊，有道龐大身影飛在志緒等人頭上。

那是隻異形巨鳥。

巨大軀體足以匹敵龍族(Dragon)。猛禽類特有的機能性翅膀，還有讓人聯想到孔雀的華麗尾巴；

有如獅子的猛獸後腿，頭部則是長成凶猛惡犬的模樣。

「西摩格！夢幻神鳥怎麼會出現在這種地方……？」

志緒震驚得聲音顫抖了。

西摩格是棲息在中東靈山的傳說魔獸。牠身為所有鳥類之王，具備高度的智能與不死身軀，據說幾乎無人見過其面貌。

而在高傲的不死神鳥背上站著陌生人影。

嬌小身影與當成坐騎的魔獸顯得並不協調。

外表年紀頂多十五六歲——跟志緒她們差不了多少。

儘管如此，那股存在感卻是壓倒性的。

深紅搭配金絲的富麗禮服；綁成雙馬尾的紫色長髮；端正臉孔與白皙肌膚。

她愉快似的瞇細血色的雙眸，並且笑了出來。

令觀者無不戰慄，充滿殺意與歡愉的笑容。

2

「能騙過我的魔導兵團，得先稱讚妳們一句……喲。」

少女搭在神鳥背上，用含笑的輕快語氣告訴眾人。

連正以高速飛行的志緒等人聽在耳裡，都覺得她說話的聲音清晰得不可思議。

然而，更讓志緒受到震撼的是少女發言的內容。因為在她口中，「破滅王朝」的魔導兵團竟是「歸己所有」。

「鐵灰色龍族與攻魔師丫頭……滿有意思的組合……呢，耐人尋味……喲。」

嘴邊洋溢無邪笑容的少女將右手舉至頭上。

一瞬間，她的全身被深紅霧氣包裹了。那是帶有濃密魔力的鮮血之霧。

在視野內擴散開來的整片血霧將虛空扭曲，化成無數獸形。濃密得足以具現成形的魔力聚合體——吸血鬼的眷獸。

「眷獸！」

「她召喚出來的嗎！數量這麼多，憑她一個人就……！」

唯里和志緒各自驚呼。

外形樣似遠古翼龍的眾多眷獸，其數量輕鬆超過一百頭。跟龍化的葛蓮妲相比，它們的身軀感覺較小，然而眷獸是魔力的聚合體，從尺寸來估量戰鬥能力並沒有意義。基本上，數量實在太多了，連敵我的戰力差距都用不著計算，無法硬碰硬戰勝對手是一目瞭然的。

「奧蘿菈，抓緊！」

「唔、唔嗯……！」

被唯里警告過後，奧蘿菈拚命抱住了葛蓮妲的背。

幾乎同一時間，葛蓮妲就用特技飛行般的動作急速迴旋。

事已至此，特地施放的咒術迷彩也沒有意義了。志緒解除結界，把騰出的咒力用來多撒下幾具式神。她希望藉此能盡量混淆眷獸們的視覺。

「改良型六式降魔劍（Rosenkavalier Plus），啟動（Boot up）——！」

唯里從背後拔出愛劍，並朝著葛蓮妲前進的方向揮下劍刃。

她的改良型六式降魔劍可透過咒術將空間斬斷，是少數對吸血鬼眷獸也能奏效的武神具。繞到前方的一頭被擊墜，隨後，葛蓮妲強行突破它們的包圍網。

「快，葛蓮妲！」

「妲！」

用不著志緒吩咐，葛蓮妲就拚命展翅想甩開那些眷獸的追蹤。然而不受物理法則限制的眾眷獸在加速度方面具壓倒性。志緒等人立刻遭到包圍，還被它們堵住退路。

再耗下去，被逮只是時間的問題——剛這麼想的瞬間，葛蓮妲發出咆哮了。

「怎、怎麼回事……？」

「葛蓮妲！」

葛蓮妲的嘶吼猶如少女尖叫，讓志緒和唯里心生混亂。因為在此之前，龍化的她從來沒有發出過這種吼聲。

然而，她那陣吼聲引起的影響不只如此。彷彿在呼應飛龍咆哮，空間產生搖盪，虛空中出現了一大片鐵灰色暗影。

從那片暗影裡頭湧出了成群的新魔獸。

樣似雀蜂的頭部與蛇的軀體，還長著翼龍般翅膀的異形怪物。不為前人所知的新種魔獸——但是，志緒她們卻曉得那種魔獸叫什麼名字。

因為在過去，她們有遇過外形長一樣的魔獸。

「蜂……蜂蛇？」

「難道說，這是從異境（Nod）召喚過來的……？」

唯里和志緒呆愣望著突然出現的成群魔獸。

在位於丹澤的神繩湖湖底，曾經守護被封印的葛蓮妲不受侵擾的異境魔獸——陷入危機的葛蓮妲召喚了新一群這樣的蜂蛇。

直到方才，志緒她們都不知道葛蓮妲有這樣的能力。何止如此，大有可能連葛蓮妲自己都不曉得。

狀況並不能讓人撒手感到歡喜，就算這樣，此刻蜂蛇出現無疑救了志緒等人。

趁著紅禮服少女的眷獸與那些蜂蛇纏鬥，葛蓮妲飛到了紘神島市區。只要躲到建築物死角，那些眷獸也無法輕易追上葛蓮妲。如果少女想發動殃及市區的無差別攻擊，那倒另當別論，不過若非如此，她們應該就有機會逃掉。

「志緒！妳看那座橋！」

「這樣啊……！葛蓮妲，拜託妳了！」

唯里指了橫跨於紘神市運河之上的大橋，志緒光靠這樣就能明白她的心思。

為了甩掉追擊而來的眾多眷獸，鐵灰色飛龍一舉下降至運河水面。濺起水花來代替煙幕，並且鑽進大橋底下。

「葛蓮妲！變回來！」

「妲～～～～～～！」

躲到大橋主樑後頭的瞬間，葛蓮妲就在唯里的信號下解除龍化。

龍的翅翼於虛空消逝，尾巴也在銀色的閃光包覆之下不見蹤影。鐵灰色巨軀急遽縮小，變成赤裸少女的模樣。當然，搭在她身上的志緒等人也就形似撲倒地被甩到半空。雖然接近於從下降轉為上升前的靜止狀態，衝擊力道仍舊可觀。急遽的減速與墜落令人感到窒息。

「抓住我，奧蘿菈．弗洛雷斯緹納！」

志緒靠咒術將體能強化到極限，抓穩了差點飛出去的奧蘿菈。唯里也同樣抱著葛蓮妲，硬是在橋墩上著陸。

「唔……陰霾召來——！」

儘管全身的骨頭和肌肉都發出不吉聲響，志緒還是無視那些，立刻撒出了咒符。她灌注僅剩的咒力，創造出大型式神。

式神仿照葛蓮妲幻化成龍形，代替志緒等人從橋下疾飛而過。它成了引開眷獸們的誘餌，就這麼朝著海上飛走。

「奧蘿菈，妳沒受傷吧……？」

志緒一邊喘氣一邊問了待在臂彎中的金髮吸血鬼。

「墮……墮天之苦豈能折磨我身……」

奧蘿菈用與言裡之意呈對比的虛弱語氣回答以後，就幽幽地咳了起來。在魔族當中，吸血鬼的肉體本來就不算頑強。何況對未受任何訓練的她來說，剛才魯莽的緊急減速似乎負擔甚鉅。

「太好了。葛蓮妲也沒事吧。」

確認眷獸們過去以後，唯里才鬆了口氣發出聲音。

著陸於橋下施工用地的她臉色有一絲緊繃。保護葛蓮妲著陸時讓她傷了腿。

「唯里，腿……」

葛蓮妲發現唯里拖著右腿，臉上便浮現不安之色。

而唯里一邊讓葛蓮妲穿上自己的制服外套，一邊堅強地笑了。

「沒事的，稍微扭到而已。重要的是我們必須趕快逃離這裡。」

「是啊……不過，看來對方沒有打算輕易放我們走。」

志緒朝背後回頭並且咬了嘴脣。

吹過橋下的風聲混了細細的鳥類鼓翅聲與笑聲。

「我不會放妳們走的……喲。」

紅禮服少女的聲音讓志緒她們反射性地拿起武器備戰。

從天上翩然降落的神鳥（西摩格）優雅地懸浮在運河水面上。

側坐於鳥背的少女露出豔麗笑容。即使當誘餌的式神騙得過那些眷獸，似乎還是騙不了她這個宿主。

「咎神該隱的使役魔，沼龍（葛蓮妲）……沒想到居然會在這種地方遇見……呢。」

紅禮服少女望著葛蓮妲，像貓一樣揚起了脣形漂亮的嘴角。

葛蓮妲則豎起鐵灰色頭髮，威嚇似的瞪向少女。然而，任誰都可以看出她的威嚇不過是虛張聲勢。

「剛才的蜂蛇讓她對葛蓮妲有了興趣嗎？」

「幸好她沒有發現奧蘿菈的身分呢。」

志緒細語，唯里小聲予以回應。

是嗎——志緒撇了嘴。紅禮服少女現在確實還沒注意到奧蘿菈的存在，可是假如志緒等人在這裡被抓，結果還是一樣。她的身分敗露只是遲早的事。

然而，唯里思考的跟志緒是不同一回事。

「志緒，抱歉。我和葛蓮妲會當誘餌爭取時間，所以妳趁機帶奧蘿菈逃走。」

「唯里？」

志緒訝異地看了好友的臉龐。

「不行！那我怎麼可能做得到……！」

「不可以忘記我們的目的喔，就是要帶她到古城身邊吧。」

「唔……」

唯里冷靜的指正使得志緒語塞。

看是要所有人都在這裡被抓，或者只有志緒和奧蘿菈逃走也好——選項為兩者擇一。假如要讓奧蘿菈逃掉，只能趁紅禮服少女把注意力放在葛蓮妲的此刻。

「商量……完了嗎？要讓我玩得開心……喲。」

彷彿在嘲笑志緒內心的糾葛，紅禮服少女使壞似的問道。

張開雙臂的她再次從全身散發鮮血之霧。那些霧化成新的眷獸，在志緒等人身邊落地。

其外貌或許可以形容成雙足步行的猛禽，酷似恐爪龍或伶盜龍等小型肉食恐龍的眷獸。

個別的身高不足三公尺。但是，數量輕鬆超過兩百頭。

「難道說……這些全都是她的眷獸……？」

志緒有種絕望得眼花撩亂的感覺。

吸血鬼的眷獸未必一人一頭。第四真祖的眷獸為十二頭，至於第一真祖齊伊・朱蘭巴拉達所率領的眷獸，據說更多達七十二頭。

然而眼前少女喚出的眷獸在位數上有著名符其實的懸殊差距。

跟裴瑞修・亞拉道爾的「暴食者（Ghoulah）」那種分裂型眷獸也不一樣。

具有完整的意志與智能，會自主判斷進行狩獵的幾百頭眷獸大軍。她隻身就召喚了那些，還能操控自如。

如此超脫常軌的龐大魔力量滔滔道出了她的身分。

她的身分是「滅絕之瞳」──

夜之帝國，破滅王朝的領主暨第二真祖，艾索德古爾．亞吉茲本人。

「不行，唯里……！她，不對，那一位是──」

「妳走吧，志緒！快點！」

唯里將葛蓮妲保護在背後，一邊放出銀色咒符把那變成了式神。化為狼形的式神載著遲疑的志緒和奧蘿菈拔腿就跑。

對吸血鬼真祖的眷獸拔劍相向──這麼做代表什麼意義，唯里當然也曉得才對。即使如此，為了讓志緒和奧蘿菈逃走，她們就當場留下了。

「妲！」

葛蓮妲再次變成龍的模樣，牽制成群的眷獸。或許她又想喚出蜂蛇。載著志緒她們的銀色式神躲在巨龍後面，疾奔越過了堤防混進沿海的倉庫街。

背後響起大規模的爆炸聲。那裡有什麼狀況發生，志緒已經不得而知。

「斐川志緒……我……」

披上兜帽的吸血鬼少女在式神背後受到搖晃，發出沉痛之語。她對留下唯里等人逃跑這件事應該是感到自責的。

「沒關係，奧蘿菈。」

仍緊握拳頭的志緒把手放到她的肩膀。

「唯里不會有事……她不會有事的。」

志緒像是在自我說服地一邊嘀咕，一邊操控唯里託付給她的式神繼續跑。

冷而朦朧的朝霧逐漸將她們的身影蒙上一層白茫。

3

從拉上的窗簾縫隙隱約能窺見開始泛白的天色。

位於彩海學園角落的小小教室，通稱「魔族社」的魔族特區研究社社辦。

小睡過的藍羽淺蔥身上穿著用來代替睡衣的運動服，正一邊啜飲香蕉果汁一邊用占滿整面牆壁的電腦螢幕收看電視轉播。

螢幕上播映的是紘神島地方電視台的搞笑藝人。早晨的新聞節目被換檔，改播領主選鬥的特別節目。

『節目開始了，這是最快為您送上紘神島「領主選鬥」情報的《領主選鬥摘要》——好

的，今天的話題應該非此莫屬。身為夜之帝國領主的吸血鬼真祖們加入競爭。唉，真教人吃驚。』

情緒亂激動的搞笑藝人帶起話題，負責講解的大學教授開口接話。

『是啊。吸血鬼真祖會現身於公眾場合，連在國家規模的行事也很鮮見。第三真祖在五個月前與美利堅聯盟國（CSA）的特使會面就曾經造成話題，而第一真祖的存在被確認，從第四次丹伯貝佐斯基紛爭以來已經相隔八年。至於第二真祖上次出訪國外，其實是二十二年前的事了。』

『本次領主選鬥就是如此重要的活動，用這種方式來理解是否恰當呢？』

『對。這並不是紘神島上單一魔族特區的問題，應該會成為決定今後世界力量均衡的轉捩點吧。』

『哎呀，原來如此。表示這簡直是全世界矚目的一戰呢。那麼，我想立刻來關心目前的領主排行榜。先從局勢動盪的C級2組看起——』

淺蔥望著像音樂排行榜節目一樣逐步介紹出來的那些領主人選，還一邊依依不捨地吸起已經喝完的紙盒裝飲料。

「……話都是他們在講嘛。我這邊可是被拖下水的耶，誰管得了世界啊。」

『咯咯……哎，小姐，別這麼說。畢竟在領主選鬥互毆的其實也只有魔族，對大多數的

フルーツ

普通市民而言算別人家的事。』

螢幕一角浮現了醜布偶造型的電腦化身，還用挖苦般的口氣插嘴。淺蔥氣惱地蹙眉說：

「應該不能叫別人家的事啦，又不知道流彈什麼時候會飛來。」

『反過來講，只要小心流彈就還過得去啊。當成稍微野蠻點的慶典，也沒有多讓人惱火吧。神經纖細到介意這種事的人，我想也不會住在魔族特區。』

「唔……要說的話，或許是這樣沒錯啦……」

淺蔥含糊地將句尾帶過。

醜布偶亦即摩怪所指出的這一點是事實。領主選鬥已經迎接第四天早晨，對風波見怪不怪的絃神島居民很快就開始適應這種情況了。

雖然企業及商店統統被迫歇業，但ＭＡＲ發表過會彌補這段期間的利益，還保證會全額賠償被戰鬥殃及而損壞的民宅。

夜晚無法出外走動固然不方便，可是反過來說，實質的損害也就如此而已。

基於領主選鬥的制度，無意願戰鬥的普通居民受危害的可能性較低。領主人選的力量來自領內居民們的支持，假如得罪了居民，來自魔族登錄證的魔力供給斷絕，形勢就會一舉變得不利。

另一方面，即使從進攻敵人領地（Domain）的那一方來想，既然目的在於獲得新臣民，就還是不能傷到普通居民。居民們可以自由變更「推薦領主」，因此也不能用恐懼來逼迫他們。

領主人選相互爭奪的並非土地，而是該土地居民的支持——換言之，領主選鬥無非是一種人氣投票。起初便具備無窮魔力的真祖們目前在表面上也都有遵從領主選鬥的這項規則。

居民們理解這一點以後，不只是靜觀領主人選之間的鬥爭，還開始展現出藉這場比賽取樂的積極態度。領主選鬥的贏家變成簽賭目標，人氣領主的相關精品，諸如T恤或壓克力吊飾也很快就開始在市面上出沒。

更重要的是，為了取得魔族之間的寶貴戰鬥數據，眾多魔導相關企業都在著手收集情報了。所謂魔族特區就是這樣的地方。

「……然後呢，實際上是怎樣？狀況如何？」

淺蔥一邊嚼起吸管的前端一邊問道。

摩怪愉悅似的咯咯發笑，並且把其中一塊螢幕切換成絃神島的市區地圖。

地圖上劃分成五顏六色的花樣，跟昨天以前大有不同。

『畢竟吸血鬼真祖們居然都闖進來參戰了。C級以下的弱小領域被連根搶走臣民以後，幾乎全垮啦。』

「啊～～……要說的話，那是當然的嘛。」

淺蔥微微嘆了氣。夜之帝國的軍團闖入，導致眾多領主人選都喪失鬥志，未經一戰就敗

了。結果領主選鬥的勢力圖不到半天，樣態已有了大幅改變。

『人工島東區的主要設施大致都被「破滅王朝」的空降部隊制壓了。第二真祖領域的領主位階暫定為第八名。單以戰力而言相當於A級，不過單純是因為那些人占作地盤的東區人口較少啦。』

「我想他們也不會在意什麼位階。如果有真祖等級的魔力，從臣民吸取的魔力根本連誤差都算不上。」

『就是那麼回事。實際上，第一真祖連自己的領地都沒有。』

「他沒有領地？」

摩怪的報告令人意外，使得淺蔥發出納悶之語。

『對啊。第一真祖和戰王領域的部隊在天奏學館領域是被當成客人對待。』

「天奏學館……意思是他在結瞳那邊當客將？」

打什麼算盤啊？淺蔥在嘴裡如此嘀咕。身為夜之魔女的江口結瞳確實是連利維坦都能操控的強大魔族，但是以單純的戰鬥能力而言仍遠不及吸血鬼真祖。第一真祖齊伊·朱蘭巴拉達應該沒有理由要依靠她才對。

能獲得第一真祖的助力，對結瞳來說當然並非壞事就是了——

『多虧如此，天奏學館領域目前在領主排行榜是獨占鰲頭的第一名。照這樣下去，絃神島的下任領主就是那個小姑娘嘍。』

「這我倒是沒有意見。」

淺蔥說著便慵懶地吐氣。

「香菅谷同學呢？」

『我們這位領主暫居第四名。排前面的領域戰力統統減少固然是原因，不過呢，擊退了來犯的混沌境域這一點好歹還是起了作用。』

摩怪用誇張的語氣指出事實。

昨天傍晚，與末日教團（Order The End）來襲同一時間，率領夜之帝國「混沌境域」的第三真祖宣布要介入領主選鬥，就對人工島南區展開進攻，從上浮於絃神島沿岸的巨大潛水空母發動奇襲。

位於人工島南區的彩海學園在這波侵略中亦無成為例外。不過對彩海學園領域而言，幸運的是「該隱巫女」藍羽淺蔥就在學校之內。

由於得到了身為領主的雫梨許可，儘管規模有限，淺蔥仍可行使「聖殲」的能力。

負責運算的摩怪能力遭到分割，導致「聖殲」無望發揮原本連真祖魔力都能凌駕的威力。即使如此，要驅逐混沌境域的小角色仍十分充裕。輔以宮住琉威、天瀨優乃、笹崎岬等人的活躍，彩海學園領域便成功擊退混沌境域，保住了自身的獨立。

話雖如此——淺蔥嘆氣說：

「就算擊退了對方，也只是區區一支部隊而已吧，下次會怎麼樣就不曉得了喔。領主香菅谷依舊行蹤不明，再說第三真祖也不知道會安分多久……」

『啊～～提到第三真祖嘛。』

摩怪用閒話家常般的口氣說道。

「她有動作了嗎？」

淺蔥戒心畢露地瞪向看慣的電腦化身。摩怪卻用雀躍的口氣告訴她：

『是啊。順帶連下落都曉得了。』

「在哪裡？」

『很近。就在彩海學園正門前。』

「啥！」

淺蔥反射性地起身拉開窗簾。

被黎明光芒照亮的校園。

有個淡綠色頭髮的女子堂而皇之地站在緊閉的校門前。

別說護衛的士兵，她身上就連武器都沒帶。相對地，領於身旁的是兩頭豹。

她——嘉妲·庫寇坎察覺從窗口探身的淺蔥，便瞇起翡翠色眼睛，莫名親切地揮了手。

『她在要求領主出面耶，說是閒著就跑過來玩了。』

摩怪擺著好似拿淺蔥反應尋開心的態度報告。

淺蔥彷彿忍著目眩般伸手扶額，然後深深地吐了氣。

4

混沌境域以中美洲為根據地，是謎團眾多的夜之帝國。

國土大半位在標高超過一千公尺的高地，有廣闊的荒蕪大地及熱帶雨林，還有險峻山脈阻擋外敵的入侵。

另一方面，受惠於貴金屬及石油等豐富的地下資源還有龍脈等魔法資源，得其支撐的軍事力也很強大。領內更存在著眾多「天部」的遺跡，據說從中獲得了獨自發達的魔法體系。

此外，該國與棲息於南美大陸的各種魔族建有良好關係，總戰力完全屬於未知數。規模遜於戰王領域及破滅王朝的他們正是因此才被畏為絕不可侵(Untouchable)的夜之帝國。

領主名號為「混沌皇女(Chaos Bride)」，亦即第三真祖嘉妲・庫寇坎——

而嘉妲不知為何拜訪了早上的彩海學園，正在大啖學生餐廳的晨間套餐。

「這個國家的餐點美味歸美味，就是量少了點。」

她啃起對折的煎蛋吐司，然後舔了舔指頭沾到的番茄醬。和善得實在讓人想不到是強大的夜之帝國領主。

「我也這麼認為，『混沌皇女』——」

坐在嘉妲面前的淺蔥語帶苦笑地表示同意。彩海學園的學生餐廳菜色是以價廉分量多為傲，不過對胃口大的淺蔥來說就略嫌不足。

而第三真祖盯著淺蔥，看似興趣濃厚地挑了眉。

「令人意外。妳見了余也不驚訝？」

「因為在過去，我曾拜見過一次尊顏。」

淺蔥慎選詞彙答話。

雖說真祖不老不死，但嘉妲・庫寇坎的外表仍相當年輕。

而且，她穿的還是制服風格的迷你裙和西裝外套，因此遠遠看去，只覺得是個比較搶眼的留學生，對那感到意外應該也沒什麼不可思議。

話雖如此，她實際的年齡難以捉摸。

看起來既像稚氣未脫的少女，也像妖豔熟女。

長髮是寶石經過琢磨般的淡綠色；散發翡翠色光彩的眼睛；充滿生命力的野性美貌。要用跟人類一樣的尺度來揣測身為魔族女王的她是何年齡，感覺甚至會構成傲慢。

要讓身為南宮那月學生的淺蔥來說，外表與實際年齡有異的人在這座紘神島本來就不算稀奇——她倒是有這種感想。

而嘉姐好似看穿了淺蔥的心思，淺淺地微笑說：

「這樣嗎？不過，那種誇大的名號非余所好。妳以嘉姐稱呼就好，該隱巫女。」

「您認識我……？」

吸血鬼真祖對一介高中女生的底細有所掌握，這樣的事實讓淺蔥稍感心慌。

另一邊的嘉姐則是傻眼似的噗哧笑著說：

「誰會忘了敢跟聖域條約機構正面作對的人呢？」

「啊……不是的，我感到很抱歉，當時因為……」

「何必道歉。發生那件事真教人痛快，余也被妳逗得樂壞了呢。」

「是、是喔……」

淺蔥曖昧地懷著尷尬的心情點了頭。完全沒有被稱讚的感覺。

寬廣的學生餐廳裡，只有淺蔥和嘉姐兩人坐在露天咖啡座。

來彩海學園避難的鄰近地區居民正從圍繞著學生餐廳的校舍窗戶觀望淺蔥她們的會談。

嘉姐大概已經習慣受矚目，對此似乎也沒有感到不快。

這場會談的其他列席者就只有隨侍於嘉姐左右的兩頭豹。她低頭看向雙豹，若有深意地笑著說：

「可是，沒想到這座學舍會是妳的地盤，難怪我的血族無法攻陷。假如曉古城也在可就更有樂趣了。」

「呃～～……嘉妲小姐，請問您為什麼現在才決定參加領主選鬥……？」

淺蔥感覺到對話的走向不對勁，便連忙換了話題。

在約三個月前的真祖大戰，最先認同絃神島為第四真祖領的就是嘉妲。而她如今有意拿下絃神島，倒也不是無法解讀成一種背叛。

然而嘉妲卻毫不愧疚地望向淺蔥的眼睛說：

「目的之一是妳，該隱巫女。」

「咦……！」

「不就是妳向世人證明絃神島作為『聖殲』的祭壇會是一項強大武器，還可匹敵聖域條約機構軍的多國籍艦隊嗎？現在是合法將其弄到手的機會，豈有理由靜觀。余以外的真祖們應也是同樣想法。」

「是我……造成的……？」

嘉妲意想不到地開口點破，就連淺蔥也無法保持平靜。

然而，某方面來說那是當然的道理。真祖們身為廣大夜之帝國的領主，根本沒有理由要賭命爭奪遠東小小人工島的支配權。他們要的不是領主寶座，而是作為「聖殲」魔具的絃神島。

「當然，余不會說那是唯一的理由。假如沒有鬧出這種風波，余跟戰王或者滅絕之王要互相廝殺可是難以促成的罕事——」

嘉妲說著便凶猛地笑了出來。對不老不死的吸血鬼真祖來說，賭上生死的相互廝殺就是他們僅剩的最高娛樂。

淺蔥一邊感覺到背脊發冷，一邊用發抖的聲音反問回去。

「『吸血王』呢……？」

「嗯？」

「打倒他並不是目的嗎？」

「啊啊……原來妳指的是『無（凱儂）』。」

嘉妲用漠不關心的語氣嘀咕。陌生的字眼使得淺蔥蹙眉問：

「凱儂……？」

「第零號的『焰光夜伯』——第四真祖的試造品（Prototype）。像那樣的半成之物，用不著我們出手。就憑那傢伙，無論他有何企圖，我們都不會放在心上。」

「怎能這麼說……！」

嘉妲好似不講情面的態度讓淺蔥不禁感到憤怒。

身為第三真祖的嘉妲若是願意阻止「吸血王」，絃神島的領主選鬥立刻就可以終結。她有能力加以實行，也有責任才對。

因為在創造名為第四真祖的「弒神兵器」之際，其他三尊真祖都有出手協助。假如「吸血王」的身分就是第零號「焰光夜伯」，嘉妲和他就不能算毫無關係。

而嘉妲愜意似的應付掉淺蔥責備的目光，並且笑了出來。

「那麼，肚子也填飽了，差不多該進入正題。按照領主選鬥的規矩，余要問妳。該隱巫女，妳可願投靠余的陣營？」

「叫我當妳的臣民？」

淺蔥已經連憤怒都不掩飾就瞪向嘉妲。

嘉妲平靜地點頭回答：

「正是。如此一來，這塊領地的民眾就有余擔保其安全喔。」

「感謝您寬容的貴言。」

淺蔥帶著冷冷的表情笑了。

「但是，請恕我拒絕。假如要締結互不侵犯條約，我倒可以考慮。」

「哦……」

嘉妲愉快似的揚起嘴角。她兩旁的豹似乎有嗅到對主人挑釁的氣息，忽地抬了頭。

「沒有余的庇護，妳想跟其他真祖鬥？」

「很遺憾，嘉妲，妳誤會了兩件事。」

淺蔥起身和嘉妲拉開距離。即使如此，她一瞬也沒有把目光從兩頭豹身上挪開。

「首先，我不是彩海學園的臣民。這塊領地的領主是香菅谷雫梨，我只是來做客的。」

「呼嗯。這麼說來，狀況確是如此。」

嘉妲悠然地翹著腿，瞥了一眼從胸口掏出的智慧型手機。她似乎是在確認ＭＡＲ配發的領主選鬥專用程式。真祖親自操作手機，說來算是相當超現實的一幕。

淺蔥也同樣拿出手機，不過目的並非確認領主選鬥的程式。這支手機是淺蔥身為「該隱巫女」的武器。

「我真正的領主是曉古城，沒有理由讓妳保護。」

「有意思。那麼，妳要在這裡跟余為敵嗎，該隱巫女？」

嘉妲浮現歡愉的笑容，並且露出純白獠牙。

待在她兩旁的豹同時俯身蜷起。

其前肢變成了柔韌的女性手臂。

有變化的不只是前肢。尾巴消失，骨骼改變，後肢及頭部也都轉變為人形。由獸身變成人樣的獸人化——不，吸血鬼化。

含第三真祖嘉妲本身在內，據說混沌境域的吸血鬼具有變身能力。她們用那種能力化身為豹形，一直護衛著嘉妲。

身手輕靈的兩名豹臉吸血鬼從左右朝淺蔥疾衝。人類不可能重現的壓倒性加速度。淺蔥對那種速度連反應都做不出。

然而，她們沒能觸及淺蔥。

從淺蔥背後衝出了穿和式圍裙的嬌小身影，擋在那兩人面前。

「虎王拳四番，衍生之六——『爪天破』！」

長著獸耳的少女——天瀨優乃運行魔力出掌打向嘉妲的部下。為了保護淺蔥，優乃一直躲在學生餐廳內的廚房。這是活用在自己領地內占有地利的奇襲。

經過淬鍊的武技將那些豹臉吸血鬼震飛。兩人儘管人仰馬翻，還是設法穩住陣腳，無聲無息飛來的子彈就將她們射穿了。

待命於校舍樓頂的宮住琉威發動了狙擊。

用於狙擊的子彈是封藏化學藥品的黏液彈。飛濺的藥品沾上兩名吸血鬼全身，妨礙其活動。

優乃更在琉威援護下，趁著奇襲的勢頭直接朝嘉妲進攻。不，她打算進攻。然而……

「虎王拳二番——」

「原來如此。把仿效十二生肖動作的拳法改編成現代風格的武術是嗎？以妳的年紀來說，倒是有一手。」

「……咦！」

優乃的必殺一擊連坐在椅子上的嘉妲都碰不到就落空了。

琉威的狙擊以時間差射來，也在命中她之前被彈開。只有吸血鬼真祖具備的龐大魔力，化成了屏障保護著她。

然而嘉妲所坐的椅子卻突然下沉陷進地面。猛一回神，整間露天咖啡座都成了陌生沼地的風景。

「唔……？」

嘉妲立刻捨棄椅子躍向半空，就遭到新的人影從四方來襲。

那些人影全長著相同臉孔。身穿中華風格拳法袍，頭髮綁成髻還搭配麻花辮的年輕女性——那是彩海學園的國中部教師笹崎岬。

岬的眾多分身施展出打擊，化成閃光一起襲向嘉妲。

靠高速移動產生的殘像或幻術不可能如此，全都是實招，無法迴避的全方位攻擊。

經過連眼睛都看不清的短瞬攻防，噴出鮮血的那一方卻是岬。

「笹崎老師！」

淺蔥看見岬像人偶一樣被震飛撞在牆上，忍不住發出尖叫。

岬的分身消散湮滅，化成沼地的風景也變回原本露天咖啡座的樣貌。理應吐血倒地的岬也不見蹤影，毫髮無傷的本尊在嘉妲面前出現了。

「神仙術是嗎……妳這女的，用的招式挺稀奇。」

嘉妲若無其事著地後，佩服似的吐了口氣。

岬則是誇張地聳了聳肩，像個惡作劇被揭穿的小孩一樣露出微笑。

「亦稱武藝之祖的第三真祖果然厲害，兩三下就閃掉了真方二十四掌。剛才那可是來自多重空間的完全同時攻擊耶。」

「是啊，老實講，剛才讓余吃了一驚。這座島實乃怪傑雲集，很能取悅人。」

嘉妲微微地笑著露出獠牙。

剎那間，她的肉體被純白濃霧包覆了。

濃霧的真面目是好似要讓世界為之凍結的爆發性寒氣。露天咖啡座的地板、牆壁，甚至周圍的大氣都被瞬間冰封。那片純白之霧就是第三真祖嘉妲．庫寇坎的眷獸。

「好吧。能讓余動用眷獸，你們大可引以為豪──征伐之，『伊胥基密里』。」

「──摩怪，屏障！」

淺蔥朝手機怒喝。隨後，怒濤般湧上的寒氣就被深紅光輝擋下。那是淺蔥發動禁咒「聖殲」的光輝。

原本「聖殲」是足以改寫世界之理的大魔法，然而淺蔥連魔法師都稱不上，發揮出來的只有不到零星的淺薄力量。而且受領主選鬥影響，與她搭檔的摩怪運算能力大幅縮限。要封住真祖眷獸的威力，條件非常嚴苛。

『這招不好受哩……！』

摩怪從手機喇叭發出叫苦的聲音。即使把「聖殲」的威力發揮到極限，頂多也只能封住嘉妲喚出的眷獸寒氣。

「改竄事象的結界是嗎？但是，憑妳現在一個人，可擋得住余的眷獸？」

嘉妲好似看穿了淺蔥的能耐，挑釁地問道。

然而淺蔥臉上就算緊張也不顯焦急。她隔著屏障與嘉妲面對面，口氣始終冷靜地告知：

「嘉妲．庫寇坎，那是妳的第二個誤解。」

「……什麼？」

「未必所有真祖都是我們的敵人。彩海學園有同盟領地，第一真祖隸屬的天奏學館領域已與我們結盟——！」

「妳說，第一真祖……？」

嘉妲的眉毛微微抖動。

彷彿對此等候已久，有新的眷獸出現在她頭上。柔韌如鞭的鋸刃長劍，可以憑自我意志斬斷敵人，屬於「活武器（Intelligent Weapon）」類型的眷獸。

「——覺醒吧，『怠惰者（Acedia）』！」

「嘖！」

嘉妲不耐煩似的咂嘴，並且將大團寒氣砸向劍之眷獸。

單純論魔力總量，她的寒氣壓倒性地占上風。可是，由於力量被「聖殲」的屏障削弱，導致她無法將劍之眷獸扳回去。

兩頭眷獸的衝突讓大氣嘎吱作響，進而以相互抵銷的形式同時消滅了。間隔短瞬，深紅屏障也跟著消失。運算能力耗盡，使得「聖殲」沒辦法維持發動。

「黑刃眷獸……是亞拉道爾嗎？」

嘉妲緩緩地朝背後回頭並問道。

站在彩海學園中庭的人是個穿著典雅長大衣，還將黑髮留長的修長男子。「戰王領域」帝國議會議長裴瑞修·亞拉道爾——第一真祖「遺忘戰王（Lost Warlord）」的心腹部下。

「於戰場上因故失了禮數，望您見諒。我謹代替我等真祖『遺忘戰王』前來拜候。」

亞拉道爾畢恭畢敬地把手湊在胸前，然而，他卻用了似乎有幾分自暴自棄的態度開口。

魯莽到跟第三真祖為敵，這種行為亦非他所願。亞拉道爾之所以會站在彩海學園這邊，原因在於第一真祖一時興起。

而在他背後，還有身穿華麗軍裝的士兵們待命。是戰王領域的吸血鬼部隊。

「有意思……」

嘉妲用舌尖舐了唇，並緩緩環顧四周。在她面前有淺蔥，背後則有亞拉道爾與他的部下，此外還有使用神仙術的能手笹崎岬正伺機而動。

另一方面，嘉妲帶來的兩名部下已被優乃和琉威完全制壓了。至少在人數上，這是對嘉妲壓倒性不利的狀況。

基本上，她身為第三真祖，據說領有二十七頭之多的眷獸。只要召喚出其中幾頭，應該就能輕易瓦解淺蔥等人的優勢。

第一真祖身為亞拉道爾的主子，並不保證會默默坐視。

最糟的情況下，此時此刻，甚至可能爆發真祖之間的大會戰。

然而，嘉妲回望表情僵硬的亞拉道爾，並且愉快似的笑逐顏開。

「我固然想在這裡一決死戰，不過除了『聖殲』使用者以外，還要對付你似乎會相當折騰。何況還有人坐望漁翁之利。」

嘉妲苦笑著看去的前方，在兩百公尺遠的彩海學園國中部校舍樓頂，站著一道並非學生

的小小人影。

年輕的異國小生。黑色秀髮搭配褐色肌膚；還長著一雙金眼。宛如性情剛烈的少獅，有股不可思議威嚴的少年。

夜之帝國「破滅王朝」的王子，易卜利斯貝爾‧亞吉茲——

他彷彿要窺伺贏家的破綻，正在旁觀嘉妲與淺蔥等人的這場交鋒。

嘉妲察覺到這一點，仍敢若無其事地任他去，可說其膽識果真與第三真祖之名相符。

「這是場不錯的談判。我們後會有期，該隱巫女——告辭。」

嘉妲化成散發翡翠色光芒的霧，猶如溶於虛空一般消逝而去。

原本被黏液困住的兩名豹臉吸血鬼也在不知不覺中銷聲匿跡。應該是嘉妲帶她們走的。

「呼～～……真夠累人的……搞什麼嘛，一大早就出這種狀況……」

被留在現場的淺蔥就近拿了把椅子，癱坐到上頭仰望天空。

彩海學園於領主選鬥第四日便是這樣展開了一天。

5

「土雷──！」

雪菜以右手使出一掌，打穿了年輕獸人的下巴前端。挨揍的獸人一臉糊塗地飛得老遠，翻了白眼昏厥過去。

而新的敵人踏過同伴的身體，又接著來襲。服裝風格近似街頭太保的魔族暴力集團──那是喪失領地的「流亡領主人選」，以及其臣民。

「哎，混帳！沒完沒了！這些傢伙到底從哪裡冒出來的！」

古城拚命閃躲用魔法射來的火球，並且放聲大叫。

他們目前所在的位置是絃神島東北部，連接人工島東區與北區的單軌列車轉乘站內部。受領主選鬥影響，單軌列車停止運行了。原本車站內的乘客人影理應零零星星。古城他們也是寄望於此，正沿著單軌列車的高架軌道趕路到一半。在這種地方跟流亡領主人選碰上，對雙方來講都是不幸的事故。

「他們好像是之前盤踞在人工島東區的魔族。第二真祖於東區出現的傳聞看來為真。」

持銀槍備戰的雪菜邊喘氣邊告訴古城。他們遇到的魔族不良集團並沒有多善戰，但人數怎麼說都太多。對昨晚跟末日教團交戰而有所消耗的古城等人而言，這些魔族此刻會是麻煩的對手。

「表示這些傢伙是被『破滅王朝』的軍隊趕走，就逃來北區（這裡）了嗎──」

古城困擾似的歪嘴撇下一句。

「——受不了，別開玩笑。光是嘉妲占下南區就夠棘手的啦！何況西區那邊已經有第一真祖到了吧？」

「是的。在我們回紘神島之前，對方似乎就已經逗留於結瞳的領地了。」

雪菜跟古城背對背站著，並且回答。古城則生厭似的板著臉說：

「那個男的，在想些什麼啊？」

「我對這一點也是完全不明白……不過，他似乎對結瞳很友善。」

「……總之，目前只能信任他了吧。」

古城壓下內心的困惑與不安，深深嘆息。

雖然他們只有在阿爾迪基亞的機場短短講過幾句話，但是古城遇見的齊伊．朱蘭巴拉達這個男人，於好於壞都是開朗豪邁的人物。

儘管不清楚他造訪紘神島有何目的，然而從雪菜所說的聽來，對方似乎並沒有用什麼詭計接觸結瞳。畢竟有他那般力量，就算要跟古城敵對，根本也不必抓結瞳或凪沙當人質。

「這是搞什麼嘛，我受夠了——！」

在車站內的另一個少女發出聲音，把分心的古城拉回現實。手持的長劍有波浪型利刃，正在與蜥蜴人(Lizardman)劍士過招的人，是個披著長長頭巾(Wimple)的白髮少女——香菅谷雫梨。

「找到了！白頭髮的鬼族（Ogress）！她就是那個叫香什麼谷的！」

「擊退第三真祖的彩海領域領主嗎！」

魔族集團察覺到少女的存在，全擱下古城這邊朝她殺過去了。他們要找的並非古城及雪菜，而是雫梨。被趕出自家領地的這些人打好了算盤，想靠著擊敗同為領主人選的雫梨，搶走彩海學園領域的支配權。之前只是湊巧在車站遇到古城等人就二話不說地開打，正是因此所致。

「香管谷！妳的腦袋我要了！」

類人猿型的獸人靠著輕靈身手從雫梨頭上來襲。

「香、香『管』谷……？」

雫梨一邊擋下敵方攻勢，嘴角還一邊抽搐。自己的姓氏被人亂記一通，讓她光火了。

「妳別想逃，香官谷！」

「接招，香宮谷！」

「我、我叫香菅谷！香菅谷雫梨・卡思緹艾拉！」

像是在玩傳話遊戲一樣，名字越叫越錯，使雫梨氣得揮劍洩憤。她頭髮亂了，呼吸也變得急促。她臉上的倦色比古城等人更濃。或許是因為如此，雫梨給人並未全心專注於眼前這場戰鬥的印象。

「妳沒事吧，卡思子！」

「當然了！這種程度的敵人來幾個都不是聖團修女騎士（GiselaPaladiness）的對手！」

雫梨朝關心的古城瞪了回去並怒斥。任誰都能看出來那是在逞強，她的體力已經接近極限了。

嘖——古城粗魯地咂嘴，同時確認仍繼續湧來的魔族數量。

針對雫梨而來的那些不良魔族，光是可見範圍內就有五十人以上。假如要一個一個去對付，體力會支持不住。如今古城只剩下第四真祖的無窮魔力了。

「哎，混帳——迅即到來，『水精之白鋼（Sadalmelik Albus）』！」

古城自棄似的召喚了自己的眷獸。

從青白色光輝中出現的是肉體剔透如流水的眷獸。

女性外型的優美上半身搭配巨蛇下肢，流瀉的髮絲亦為無數長蛇。

蒼白的水精靈（Undine）——水妖。

「什……！」

「這什麼鬼東西啊啊啊！」

強大的眷獸突然現身，使得不良魔族們陷入恐慌。

有別於第四真祖的其他眷獸，「水精之白鋼」並不會發動爆發性攻勢。第四真祖麾下的十一號眷獸，其力量為療癒及再生。被透明水妖以肉體包裹的物質將會還原成元素，並回歸原本該有的姿態。

生物變回誕生前的模樣，牢固的城牆化成土塊，發達的城市淪為不毛荒野，優越的文明退至原始以前——那是讓一切歸於虛無的破壞之力。

水妖將其破壞性的療癒力指向包圍古城等人的那些不良魔族腳下——單軌列車的車站。宛如時間倒帶，建築物牆壁變成沙子崩解倒塌，支撐的鋼筋也逐漸被分解成鐵原子。

原本群聚在一起的不良魔族們遭垮掉的車站吞沒，手足無措地摔了下去。而在底下，有冒出白色泡沫的海面張大了嘴等著。他們原本會跌在人工島的大地上，如今連地面也已經被古城的眷獸摧毀了。

「你出手太重了，學長……絃神島又被波及得這麼慘……」

備戰的雪菜一邊放下長槍，一邊用責怪似的目光望向古城。

突然被推落海面的那些不良魔族則大多陷於恐慌狀態。他們根本沒空找雫梨麻煩。

然而，付出的代價甚大。單軌列車的車站半毀，部分軌道也像遭到斬斷一樣消失得乾乾淨淨。由於單軌列車本身暫停運行，對交通姑且沒有造成影響，不過要復原應該得花一大筆費用。

「沒其他做法了吧。要抱怨，就去找安排這場荒唐騷動的那個臭小鬼。」

古城懶散地靠向牆壁，並且態度草率地提出了反駁。

「學長是說……『吸血王』嗎？」

雪菜不悅地將嘴脣閉成一線。古城則氣惱似的點頭說：

「原來領主選鬥的目的就是把那些真祖找來島上，讓他們跟我鬥嗎？簡直愚蠢到家了。雖然那些傢伙這麼容易被拐來，也是半斤八兩啦。」

「說得是呢……」

落海的不良魔族們為了爬上岸，正爭先恐後地展開醜陋的爭鬥。雪菜俯視著那些人，無力地吐了氣。

「可是，絃神島目前的狀況都按照『吸血王』和末日教團的計畫在走。只要真祖們仍在島上，要讓領主選鬥結束怕是有困難。」

「困難？把『吸血王』抓住，再搶回基石之門不就行了嗎？」

古城有些意外地反問。不——雪菜沉重地搖頭回答：

「那麼一來，另外三位真祖應該會站到妨礙學長的立場。因為領主選鬥一旦結束，他們就會失去留在絃神島的大義名分。」

「嘉妲之所以出手攻擊我們，居然也是為了幫『吸血王』嗎……」

古城想起昨晚遇見的嘉妲．庫寇坎，厭煩地咬緊牙關。

當時古城想追擊逃走的「吸血王」，卻受到嘉妲以眷獸發動的奇襲妨礙。那並非單純宣戰，讓「吸血王」逃走，拖長領主選鬥才是她的目的。

「再說，所有真祖既然都集結於島上，『吸血王』已經沒有理由再到學長面前現身了。畢竟他的目的就是要讓學長跟其他真祖搏鬥，好證明第四真祖之強——」

「表示在領主選鬥結束之前，那傢伙會存心躲起來觀望嗎？」

「是的。恐怕不會錯。」

雪菜表情凝重地垂下目光。

第零號的「焰光夜伯」——「無」曾經談到，自己的目的是要讓第四真祖成為舉世聞名的恐怖象徵。

倘若他所言屬實，在這之後他就不會跟古城交手。因為古城要跟其他真祖鬥，並獲得勝利。這才是他心中所願。所謂的領主選鬥只是他為此創造出來給吸血鬼真祖的「競技場（Colosseo）」。

「無論如何，我們現在要找出『吸血王』的下落是有困難的。」

「也對……」

古城不情願地認同雪菜點出的癥結。

「哎，算啦。麻煩事之後再想，我們先換個地方吧。再被其他領主人選發現也麻煩。」

「學長是說……到別的地方嗎？」

雪菜為難似的蹙眉以後，看向被古城摧毀的高架橋。

「不過照這樣，要利用單軌列車的路軌到人工島南區已經不可行了。既然學長大動作地用了魔力，混沌境域的部隊應該也注意到你的存在了。」

「意思是，我們回不了彩海學園？」

古城望著浮在運河對岸的人工島大地，遺憾似的垂下肩膀。

彩海學園領域的周圍被混沌境域以重兵制壓，已經完全孤立。為了想辦法潛入其中，古城他們原本正要到警備相對薄弱的南區東岸。可是，跟流亡的領主人選不期而遇，導致這項計畫泡湯了。

「離這裡比較近的是天奏學館領域，不過在有所消耗的現狀下，我會希望避免跟第一真祖接觸呢。畢竟我們對他的目的一無所知……」

「齊伊．朱蘭巴拉達是嗎……卡思子，妳覺得呢？妳也見過第一真祖了吧？」

古城從雫梨背後喚道，她卻什麼也不答。她仍手握出鞘的長劍，有些恍惚地杵著不動。

感到納悶的古城朝她靠近說：

「……卡思子？」

「我、我在！」

被人在耳邊叫了名字，雫梨受驚似的抬起臉。

雫梨發現古城他們擔心地看過來，便露出尷尬的臉色。

「Scusa……對不起。我在想一些事情。」

「妳在想末日教團的那名劍士嗎？那個人用的藍色魔劍跟妳很像——」

雪菜關心似的問雫梨。古城則是略感訝異地看了雫梨。他想起雫梨剛才在戰鬥中的身手有欠精彩。

「卡思子，難道妳認識對方？」

「不。並不是那樣的……只是……」

雫梨原本想信口敷衍過去，可是看見古城他們擔心的臉就把話打住了。穿插一小段嘆息以後，她便用靜靜的語氣改口：

「那個女的……也是鬼族。跟我一樣。」

「鬼族？表示妳們屬於同族？不過她跟妳也不是親戚吧？」

「我不曉得。可是，聽對方的口氣似乎認識我……簡直像跟我有仇恨一樣。而且她手裡握有魔劍……『炎喰蛇（Hauras）』理應是聖團相傳的寶劍……」

「原來如此……確實會讓人在意。」

古城理解雫梨困惑的理由以後咕噥。

受六年前「伊魯瓦斯」魔族特區瓦解之累，雫梨失去了所有情同家人的聖團伙伴。對於

身為聖團最後一名修女騎士的雫梨來說，「炎喰蛇」是她與同伴間的羈絆象徵。

而末日教團保有跟那柄珍貴魔劍一樣的兵器，也難怪雫梨會感到動搖。

「對於那名鬼族和魔劍，我們設法調查看看吧。說不定，那也會成為查出末日教團下落的線索。」

雪菜用正經八百的語氣提議。

「是、是啊……Grazie……謝謝妳。」

雫梨難得乖乖地點了頭，還改換心情似的露出微笑。

那麼——古城聳聳肩，打算重新討論一行人接下來的去處。

剎那間，怦通一聲，古城的心臟強烈地搏動了。

感覺猶如就近承受雷劈的衝擊，發麻的刺痛感讓肌膚顫動。

古城從未感受過如此的震撼——足以匹敵第四真祖的強大魔力，正從絃神島某處釋放出來。而且不只一處，同時有好幾個地方。

「怎麼回事……？這種感覺是……！」

古城捧著自己的胸口，當場雙膝跪地。

視野變得狹窄並染紅。好似被人撈上岸的魚，喉嚨哽著沒辦法呼吸。有股無處發洩的憤怒與焦躁，還有排山倒海的恐懼感。

「難道說，是第二真祖用了眷獸……？」

雪菜瞪向東方海面發出驚呼。

在人工島東區上空浮現了無數的黑影。從遠處也能目視的成群巨大翼龍——多到可以蓋滿天空。

「不只東區呢……！」

雫梨朝背後回頭叫道。彷彿講好了在同一時間，於紘神島南方，彩海學園所在的方位也有新魔力源出現。

「唔……噢噢噢噢噢噢噢噢噢噢！」

同時出現的兩股魔力讓古城感受到好似全身遭撕裂的劇痛。

那種劇痛成了引子，令古城感覺身體有異。彷彿要將一切吞噬殆盡的強烈飢餓感。某種令人焦心的餓正從身體深處洶湧而上。

「學長！」

「古城？你在做什麼！」

古城染紅雙眼露出獠牙，雪菜和雫梨都茫然望著他。

深紅色霧氣將古城全身包圍。如火焰般噴湧的那陣霧在空中描繪出詭異的圖案。

「不妙……離……開我身邊，姬柊……！卡思子，妳也一樣……！」

古城以幾乎不成聲的聲音警告雪菜她們。

古城並不明白自己的身體出了什麼事。

可是，他曉得自己正打算做什麼。這股驚人飢餓感在追求的是力量——作為吸血鬼魔力根源的力量。

「跟那個時候……一樣嗎……」

古城在逐漸薄弱的意識中回想起來。那是一段恐怖的記憶。人稱第四真祖的災厄，於那天侵襲了這座島嶼的記憶。

失去理性的古城眼前，只有兩名少女的身影映於視野之中。將她們的一切吃乾抹淨——古城違抗不了那甜美的誘惑。

古城僅剩的些許人格正在意識角落吶喊：殺。

趁事情還沒有落得無法收拾以前，殺了我——古城的意思便是如此。

假如用雪菜手上的銀槍或者雫梨的那把劍，應該就可以辦到。

然而，言語尚未化為聲音，古城就撲向雪菜她們了。

面露驚愕之色的雪菜幾乎是以無意識的動作持槍備戰。她的肉體對古城的殺氣起了反應，無自覺地就進入應戰態勢。

不過古城並沒有踏入雪菜出招的間距。因為在那之前，從旁重叩而來的衝擊波就將古城震開了。

「嘎……！」

彷彿將空間本身化為巨槌，避無可避的波狀攻擊。

古城受搖盪的空間擺弄，連慘叫都發不出，鮮血就已經從口中濺向四周。換作常人，光受到如此的傷害便難逃一死。

原本籠罩古城全身的血霧消散了，他背後的圖樣也跟著迸裂。

從失控的魔力獲得解放以後，古城就像斷了線的人偶一樣倒在地上。

「學長！」

雪菜猛然回神，趕到倒下的古城身邊。

古城連臉都抬不起來，只能用無力的呻吟應聲。

儘管全身是傷且體無完膚，先前那種暴戾的飢餓感卻消失得一乾二淨。就近承受更強大的魔力，似乎沖淡了其他真祖以魔力造成的影響。

「你清醒了嗎，曉古城？」

令虛空如漣漪般起伏生波後，外貌像女童的魔女便隨之現身。

卓越的空間操控魔法能手——「空隙魔女」南宮那月。

然而此刻的她外表和古城等人所知的她有些不同。

黑色長髮與豪華禮服仍與平時一樣，其全身卻被荊棘般的藤蔓環繞，那些藤蔓還伸進了她的影子裡頭。

彷彿用自身肉體拴住了潛伏於影子中的凶猛野獸，模樣怵目驚心。

受困於末日教團的這段期間，她身上出了某些狀況。

「南宮那月……老師，您那副模樣……是怎麼回事呢？」

「我這裡同樣發生了不少事。」

那月瞥了擔心地詢問的雫梨一眼，然後順口應付。

「抱歉，但我現在拿捏不了力道。別再鬧下去可是為你自己好喔。」

「……會鬧成這樣……我又不是……自己甘願的。」

古城奄奄一息地回嘴以後，就力竭似的再度昏厥了。那月出招造成的傷勢比外表所見的更嚴重。

「古、古城！」

「學長，請你振作一點！學長！」

雫梨和雪菜抱起動不了的古城，並且粗魯地抓著他猛晃。

除了原因不明的失控之外，古城還受了好似將空間本身予以扭曲的攻擊。縱使吸血鬼真祖是不死之身，想必仍無法倖免於難。雪菜她們會驚慌也是難免的。

另一方面，那月面無表情地低頭看向倒下的古城，嘴裡喃喃自語：

「原來如此。『吸血王』，這就是你最後的期望嗎……」

在古城失去意識的前一刻，失控的他背後曾浮現詭異圖案。

那是過去人稱「原初」的吸血鬼所孕育之物——十一片漆黑翅膀。

第二章 宴席的預感

Premonition Of A Riot

1

以全藍的南國海天為背景，有一整片近似廢墟的鐵灰色城市。

死寂的街容好比剛經過工業革命的大都市，或者也像夜深人靜的工廠。圍繞著絃神島的人工浮島群——通稱「絃神新島」的遺跡。

原本這裡是咎神該隱於「異境」之地建成的異界要塞都市。

透過封印之龍「葛蓮妲」召喚到這個世界以後，這片群島就被視為「魔族特區」的一部分，供人進行開發與調查。

然而遺跡廣闊，因此調查完的部分連總面積的百分之五都不到。

至今島上大半部分仍未經人手，現狀似乎就是遭受擱置。

即使如此，島上一部分已設有臨時住宅，企業的研究所及工廠也開始建設了。尤其優先整頓的，到底是港灣設施與道路等基礎工程。

而建設到中途的港口一隅有道修長身影站在那裡。

身穿位於關西地區的名門女高制服，年紀輕輕的日本少女。

苗條高挑的身材；兼具亮麗及優雅的美貌；背後則揹著大尺寸的樂器盒。獅子王機關的舞威媛，煌坂紗矢華。

「——來到這一帶，總算有電力與水了呢。」

紗矢華任由馬尾長髮隨風飄逸，並帶著幾分欣慰的臉色吐氣。

在她背後，有著港灣管理設施的全新建築物。

文明真美好——紗矢華一邊感慨地嘀咕，一邊用手帕擦拭剛洗過的手。雖說仍未竣工，最新的港灣設施裡倒是已經備妥裝有溫水洗淨馬桶的女廁了。

從阿爾迪基亞王國的飛機上被人用幾近空投的形式靠降落傘著陸以後，紗矢華在這座島上接連遊蕩了幾個小時。好不容易找到的水洗式廁所對她來說好比沙漠中的綠洲，是提供救贖的場所。

「接著希望能發現到絃神本島的渡海手段……」

紗矢華環顧無人的港口，然後又一次嘆了氣。

由於手機收不到訊號，她不曉得目前所在地的正確座標。然而，聽說從絃神新島到絃神島本島，即使是最近的位置至少也有七公里之遙。要游泳渡海，這樣的距離實在吃力。起碼得有船，或可以代替的移動手段。

可是港口何止沒有聯絡船，連人影都見不著。受領主選鬥影響，島內物流及交通完全停擺了。紗矢華等於孤零零地被留在無人的人工島上。

「嗚嗚……都是那個黑心公主害的……為什麼我會落得這種處境……」

紗矢華茫然地杵在原處，抬頭仰望天空。

當然，紗矢華也不是喜歡才降落到絃神新島的。起初她的空降目標處是設為曉古城較有可能在的絃神島本島北區一帶。

可是當紗矢華抵達時，絃神島本島的上空已經被魔法師們用使役魔制壓了。在她掙扎著想擺脫對方追蹤的過程中，便落到絃神新島的方向。最糟的情況下，甚至可能在海面上被擊墜，所以光是能活著抵達地表就得說是幸運了。此時——

「直升機……？」

紗矢華察覺到從頭頂傳來的嘈雜引擎聲，反射性地回頭望去。

懸浮在午後藍天的，是傾轉旋翼式的垂直起降航空機(VTOL)。日本國內的航空公司並未採用那種款式的運輸機。在尾翼噴印有MAR公司的商標。

「……對喔，MAR會保護領主選鬥產生的傷患……這就表示要他們從絃神新島(這裡)帶我到本島(那裡)應該也是可行的！」

紗矢華想起事前接獲告知的情報，眼睛就亮了。

MAR公司有跟末日教團簽約，以中立立場參與了領主選鬥的營運。補償戰鬥產生的損害；配給糧食等物資；還有救助及治療傷患，便是他們主要扮演的角色。

他們所保護的傷患會被送往停泊在紘神新島某處的醫療船。ＭＡＲ的運輸機肯定正要飛往那艘醫療船。

幸好運輸機要降落的地方離紗矢華待的港口並沒有多遠。

紗矢華擅自借了停放在港灣設施的聯絡用速克達，朝著運輸機的降落預測點疾馳而去。

「找到了……！」

距離港口約五公里遠的開闊土地上，有傾轉旋翼機剛降落的身影。

看起來，那裡似乎是ＭＡＲ公司的補給基地。同型的運輸機另外停了三架。

紗矢華確認過後會立刻跳下速克達並非出於道理，而是直覺做出的判斷。

獅子王機關的舞威媛身為詛咒及暗殺專家，從那座基地直觀感受到危險的跡象了。

紗矢華把速克達藏到瓦礫縫隙，改用徒步接近基地。在基地周圍還留著好幾座廢墟化的遺跡，無須祭出咒術迷彩，要躲不愁沒有地方。

「這算什麼啊……」

她從遺跡窗口窺探基地的全景，然後微微地倒抽一口氣。

倉促湊合的設施正如預期，然而內部氣氛卻遠比想像中肅殺。

無數野戰帳篷和裝甲車布署得井然有序。基地周圍設有刺絲網，處處都安排了配備槍械的警衛人員。運輸機貨艙裡裝載的則是用於對付魔族的有腳戰車。簡直像軍隊駐紮的營地。

「雖然掛著MAR的標誌……可是無論怎麼看，都不像醫療部隊嘛。」

感到些許混亂的紗矢華發出了驚呼。這座設施配備的兵力顯然超出了自衛所需。選舉領主的比賽只是要競爭臣民人數，應無理由投入此等裝備及人員才對。

換句話說，他們是基於跟原本領主選鬥不同的目的才被召集來的士兵，就這麼回事。該去探查MAR的目的嗎？當紗矢華開始遲疑時，身旁忽然傳出了聲音。

「噢噢……重兵雲集耶。」

「……！」

紗矢華蹦也似的轉身擺出架勢。

隔著蹲下來的紗矢華肩膀，有個高大的中年男子正望向窗外。

男子將襯衫穿得邋遢，還蓄了鬍渣，身上散發出慵懶氣息。以年齡來講，他的身體格外結實，卻絲毫沒有威迫感。

儘管如此，紗矢華仍感到戰慄。因為受了暗殺者訓練的她連男子接近過來都沒發覺。

「運輸士兵用的直升機和有腳戰車——隊員的裝備是附動力輔助系統的咒術迷彩服，還有用於對付魔族的大口徑卡賓槍啊。典型的特種部隊嘛。難不成他們想對絃神島發動登陸作戰？」

男子用莫名親暱的口吻朝紗矢華搭話。

紗矢華一邊節節後退一邊警醒似的拔了劍。她將劍鋒指向男子胸口，並且懷著殺意瞪視對方。

「……說，你是誰！」

「冷靜點，小妞。Stay，stay。我不是什麼可疑分子。」

「別說不可疑，你給人的感覺就只有可疑而已……！」

對方講話就像把紗矢華當成家犬來哄，使得她厲聲以對。

「居然能接近到這裡都沒讓我察覺……！你是什麼人！視你的回答──」

「趴下！」

警告的話還沒說完，男子就把紗矢華壓倒在地。背重重撞在廢墟地板上，讓紗矢華哽住了氣息。嘴巴被男子粗糙的手摀住，紗矢華難受地扭身掙扎，屈辱與恐懼令眼眶濕潤。

「唔……唔唔唔……！」

「安靜。妳這樣會被他們發現吧……很痛耶！」

男子被紗矢華狠狠咬住手，低聲叫了出來。趁男子退縮的瞬間，準備反擊的紗矢華愕然睜大眼睛。因為男子手裡毫無前兆地突然冒出了步槍。

「！」

就近目睹槍械的凶惡形貌，讓紗矢華腦中的某條思緒繃斷了。

情緒消失，強化體能的咒術照著銘記於淺意識的步驟發動。有如設定過程式的機械，肉體自行為了殺眼前這個男子而採取動作。重叩致命要害，壓迫頸動脈口。在剪除對方意識的同時，直接折斷其頸椎——這是在對付傀儡(Dummy)人偶做練習時，重複過好幾次的手法。

這套暗殺術之所以沒有發動到最後，是因為眼前的男子沒有將任何一絲殺氣對著紗矢華。他仍靠著牆壁，並將視線投向窗外。

他所凝望的方向有小小的圓形機械飄在半空。那是監視營地周遭的空拍機。

空拍機盤旋於紗矢華他們所在的廢墟上空，然後直接朝營地的方向飛離。男子見狀便擱下槍枝，爽快地放開紗矢華。

「飛走了嗎？真不愧是阿爾迪基亞製的干擾裝置(Jammer)，效果出色。」

男子摸起掛在脖子上與蜂鳴器相仿的機械，得意似的微笑。

「抱歉嚇到妳了。因為我看見有偵察機在徘徊。」

「你是在救我……嗎？那個……我……」

紗矢華終於掌握到情況，就表情尷尬地抬頭望向男子。

男子則是愉快地望著留有明顯齒痕的左手說：

「啊，這妳不用在意。能被這麼可愛的小妞咬，我很榮幸。」

「什、什麼叫榮幸……」

發毛的紗矢華全身起了雞皮疙瘩。或許這個男的果然是危險人物——她如此轉念。一把年紀了還自作多情，沒有比這更噁心的了。

「慢著喔，如果我舔了這道傷口，算不算跟妳間接接吻？」

「！」

「沒有啦，開開玩笑。It's a joke——所以嘍，妳能不能放下那把改良型六式降魔劍？呃……不對，妳拿的好像是原版的六式。」

「……說，你是什麼人？有什麼目的！」

紗矢華把利刃抵在男子的頸根，問了他一句。

她的六式重裝降魔弓（Der Freischütz）是獅子王機關的試作型制壓兵器，知道其存在的人不可能是無害的普通民眾。

可是，男子卻陪笑舉起了雙手說：

「我嗎？如妳所見，我是個路過的考古學者——」

「世界上哪有像你這麼可疑的考古學者！」

「不不不，唉，我確實只有一半涉足於這個學界啦。」

「什麼？」

男子的供詞莫名其妙，讓紗矢華的目光變得險惡。即使如此，男子仍一臉裝蒜地將目光轉到窗外說：

「先不談我了，問題是那邊的軍隊吧。這場領主選鬥，背後還有內幕喔。」

「或許是那樣沒錯。」

「——受不了，第四真祖也真夠沒用的。讓外來者在自己住的島上侵門踏戶，算什麼世界最強吸血鬼嘛。該說是看錯他了，還是虛有其名呢？表示他扛不起這個重擔啦。既沒有才華也沒有器量，就是個二愣子罷了。」

男子平靜地將紗矢華的長劍扳了回去，還用不屑的語氣說道。

剎那間，紗矢華惱怒地板起面孔。男子這種單方面的說詞讓她感到莫名不快。

「我……我可要先聲明，領主選鬥開始時，第四真祖並不在絃神島上喔。像目前這種局面，才不是那個男的該負責的！」

「哦……」

紗矢華動氣提出反駁，使得男子好奇地回望過來。

「不過，就算他回到了絃神島，也還是毫無作為地放著混亂不管，這是事實吧？」

「毫無作為是誰認定的！以往那個男的也身不由己地被捲入風波好幾次，卻還是挺身保護這座島一直到現在。這次的騷動，他絕對也會設法解決啦！再說那傢伙旁邊有雪菜陪著……我、我也會幫他……！」

「呼嗯……這樣啊。那真是可靠。」

意外的是，男子坦然接納了紗矢華提出的主張。紗矢華對此感到有些敗興，卻還是滿意似的挺胸說：

「還、還好啦。」

「那小子居然能讓妳用情這麼深，還滿幸福的嘛。」

「什、什麼？說我用情……我、我才沒有那種意思……」

男子的反應出乎意料，讓紗矢華慌得聲音變了調。

「小妞，妳該不會已經跟古城那小子搞過了吧？」

「搞……誰、誰會跟……你少胡說……！」

「這沒什麼好害羞的吧，既然互相喜歡，自然就會發展到那一步嘛。」

「我沒有理由告訴你……等等，你為什麼會知道曉古城的名字……！」

「慢著。有話之後再講。」

男子硬是把對話打住，並且瞪了營地的方向。有新的傾轉旋翼機抵達，正開始讓載來的乘客下飛機。

「那是……？」

紗矢華看著從傾轉旋翼機下來的一群男子，然後開口細聲自問。

身穿白衣，氣質有些陰鬱的一群男子。以單純的醫師或研究員來說，那群人格外殺氣騰騰。之所以讓人有這種感覺，或許是他們率領著武裝過的士兵所致。

「MAR第九研究室——因為非人道的魔族活體實驗而惡名昭彰，算是MAR的黑暗面。」

「MAR的……黑暗面？啊……！」

紗矢華聽著男子講話，突然間訝異之聲便奪口而出。因為有個被士兵拖著走的意外人物從運輸機下來了。

「那個人！她是曉古城的母親……！為什麼會受到那樣的對待……？」

紗矢華困惑地質問男子。

雙手上銬走著的是MAR醫療部門的研究主任，曉深森。她不只是古城的母親，跟紗矢華也有一面之緣。

同樣身為MAR的員工，她卻受到有如俘虜的待遇。

「被當成有輕嫌的叛徒對待呢。畢竟她放走了MAR保護的第十二號『焰光夜伯』奧蘿菈．弗洛雷斯緹納，這也難怪。」

「她……她放走了第十二號的奧蘿菈？」

面對隨口道來的重大情報，紗矢華不禁結舌。

在這段期間，男子不知從那裡拖出反戰車火箭筒和成串槍榴彈，並無動用空間操控魔法的跡象。他看起來根本不屬魔法師之流，簡直像隨手提起現場所擺的武器那樣輕鬆自在。

「——所以嘍，我要走一趟把人救出來。假如妳肯幫忙就太感謝了，意下如何？對方或許會是妳將來的婆婆喔。」

男子並未道出奇妙戲法的玄機，就朝紗矢華問道。搞糊塗的紗矢華都忘了要吐槽男子點出的那句「或許會是妳將來的婆婆」，只顧著猛問：

「你的目的是要救她？為什麼？」

「這還用問，那女的可是我老婆耶。」

雖然我們目前處於分居狀態——男子補了一句，接著便哇哈哈地朗聲大笑。

紗矢華結凍似的停下動作，凝視男子的臉。

「老……老婆？你是曉古城母親的配偶……？」

「Yes, I am。我叫曉牙城，請多指教。」

男子愉悅似的望向吃驚的紗矢華，還俏皮十足地拋了媚眼。

「咦……咦咦咦咦咦咦咦——！」

動搖的紗矢華發出尖叫，聲音響徹絃神新島的廢墟。

牙城彷彿把那當成信號，就提起火箭筒朝著MAR的營地轟了一砲。

2

古城會恢復意識，是因為醬油、味醂和砂糖熬煮後，跟烤過的牛油及長蔥化成了渾然一體的芬芳氣味所致。關東風格的壽喜燒香味。

被眾多魔導儀器圍繞著的寬廣地下室。有人群聚在其中一隅，他們正圍著作業台上所擺的壽喜燒火鍋。

「大哥，你醒了嗎？」

調節瓦斯爐火力的叶瀨夏音察覺古城醒來，便朝他出聲喚道。

夏音在制服外面披了圍裙，而古城一臉茫然地回望她那副模樣。太過缺乏真實感，讓他覺得這是一場便宜自己的美夢。

「……叶……瀨？」

「我立刻幫你準備餐點。」

「咦？」

夏音對古城的困惑渾然不覺，興沖沖地要去拿新的餐具。代她湊過來的是雫梨還有雪菜。她們倆大概是用餐到一半，手上都拿著碗筷。

「古城，你醒了啊？」

「這裡是……？」

古城仰望雫梨問。目睹她們臉孔的那一瞬，古城就想起自己昏厥前發生的事情了。第四真祖之力失控的前夕，他被不知從何處移轉空間趕來的那月使勁震退了。

「這裡是夏音父親的研究室。因為我們想不到還有哪裡能替學長治療和檢查。」

雪菜回答了古城的問題。

古城環顧地下室裡頭，深深地嘆息。

位於人工島北區最底層的絃神島第六魔導研究所。與外界完全隔離，接近於收容所的地方，人工島管理公社少數免受領主選鬥影響的設施。

「結果我們回到了這裡嗎……」

古城慢吞吞地撐起上身，看了牆壁所掛的時鐘。

時間是下午六點多，算起來睡了將近半天。或許不只是因為那月出手傷了古城，力量失控也有造成影響。

「身體狀況如何，第四真祖？」

研究室之主叶瀨賢生用一如往常的陰沉口氣問道。

「單靠這裡的器材，從你的肉體檢查不出異狀。話雖如此，真祖的肉體不受魔法影響，亦無醫學基準可以參照，因此只能聊以慰藉就是了。」

「不，我還是該感謝。又受你照顧了。」

古城活動手腳轉了幾圈，確認身體狀況。多虧吸血鬼特有的回復能力，外傷都痊癒了。雖然有異樣的空腹和飢渴感，想到自己從昨晚就什麼也沒吃，反而可說是正常的反應才對。

「話說你們怎麼在這種地方吃壽喜燒？」

「呃，學長……這是因為，我們收到了各方臣民送來的肉與蔬菜。」

雪菜說著就看向桌上的食材。

「……臣民？」

誰的臣民？古城歪頭表示不解。目前在場的領主人選只有雫梨，不過她的領地是在人工島南區的彩海學園那一帶，要送生肉和蔬菜過來，距離未免太遠了點。

「學長，其實呢……在你沉睡的這段期間，南宮老師已經將人工島北區的近七成領地制壓住了。」

或許雪菜是介意這番話聽起來嫌虛假，便顯得有些難以啟齒地繼續說明。

古城睜大了眼睛回望雪菜。

「那月美眉一個人辦到的嗎……？我沉睡的這段期間，還不到半天吧？」

「因為北區的領主人選大多出自特區警備隊，他們原本就聽命於南宮老師……呃，不對，跟老師關係友好。即使沒有那層因素，由於流亡的領主人選湧入，北區領地也已經疲於應付了。」

「所以那月美眉願意當領主人選，反而令人感謝嘍？」

原來如此——古城交抱雙臂感到信服。

東西南三區有吸血鬼真祖降臨，使得人工島北區變成唯一的空白地帶，就淪為弱小領主人選多頭割據的危險戰場。應該也有不少臣民希望他們在同歸於盡以前，能夠有強大的領主出現。於是「空隙魔女」現身之後，便成了統率北區的最佳人選。

「然後呢，妳說的那月美眉去了哪裡？」

古城露出納悶的表情環顧研究室裡頭。那月不見人影，他從剛才就一直很在意。

「南宮老師回到了監獄結界，似乎是要修復『守護者』的封印。因此，她說自己會有一陣子無法回來這個世界。」

雪菜的嗓音夾雜著一絲憂慮。古城略顯疑惑地蹙眉說：

「那月美眉的『守護者』就是那個像甲冑一樣的大傢伙嗎……妳說的封印是指？」

「因為若放著南宮老師的『守護者』不管，光是其存在就足以扭曲這個世界的空間，所以平時似乎都用魔具束縛著。可是在對付末日教團的戰鬥中好像讓那道束縛鬆開了——」

「……平時在力量受壓抑的狀態下還那麼猛啊……」

古城茫然嘀咕了一句。那月稱作「輪環王(Rheingold)」的「守護者」，在過去還曾經靠蠻力制伏第四真祖的眷獸。連在那時候，她的黃金騎士像都沒有拿出真本事。

「由於她的『守護者』現形了，導致這附近都處於無法使用空間操控魔法的狀態。我想這種影響不會立刻歇緩。」

叶瀨賢生好似要讓人驚上加驚地告訴古城。

「老樣子，那個人還是這麼離譜。」

古城帶著幾乎傻眼的態度搖頭。光是在這個世界具現化，就足以扭曲周圍空間的怪物，簡直形同天災的存在。要封印那種力量，對那月來說似乎是件相當麻煩的事。

無法使用空間移轉魔法，這一點也是挺棘手的情報。表示古城等人不能指望用叶瀨賢生的空間移轉術式當移動手段。

「雖然說用的是偷襲，以結果而言，其力量足令第四真祖有近半天的時間都陷於癱瘓狀態。只造成這點影響就了事，或許反而該當成幸運來看待。」

賢生鄭重地點頭告訴古城。

「唉，關於你這次昏睡，原因未必只出在她動手攻擊就是了。」

「……說得也對。」

古城無奈地聳聳肩。那月確實有重創他，然而身體回復得慢，那並非唯一原因。異樣的飢渴與空腹感在單軌列車車站侵襲了古城。那次的影響讓疲勞殘留於古城體內，好似熔化後又凝固的熔岩。

「肚子餓嗎？」

賢生彷彿看穿了古城的心思，便低聲問道。古城大概是在無意識間對他的話起了反應，肚子轆轆發響。

「學長也要吃壽喜燒嗎？」

雪菜一邊嘻嘻笑著一邊拿了空的餐具。

像是要跟她較勁的雫梨也拿起公筷和湯杓預備並說：

「拿你沒辦法呢。請稍待片刻。」

「啊，不是的，我……」

該阻止哪一方才好啊？古城一邊猶豫一邊望著互搶火鍋料的兩人。當然了，她們倆對於舀壽喜燒的工作也不是認真在爭。到這個瞬間之前，恐怕都不算認真。

「請等一下，香菅谷同學。『或許妳是不曉得』，曉學長怕吃蔥，所以少幫他舀一點應該會比較好——」

雪菜看見雫梨舀好火鍋料的餐具，就用含蓄的口吻指正。

她無心的那句話讓雫梨氣惱地蹙眉。

「我跟古城都『來往這麼久了』，當然知道這一點。姫柊學姊，像妳都幫他舀肉，在營養均衡上才會有問題吧，不是嗎？」

「啊，因為曉學長才剛流失大量血液，我刻意舀了比較多的肉。因為蛋白質是在血液中構成紅血球及血紅素的寶貴營養素。」

儘管雫梨出乎意料的反駁讓雪菜板起了臉，她仍冷靜地回嘴。

這反而讓雫梨更加賭氣地說：

「既然要談到血液的材料，蔥含有的維他命也很重要啊。把古城的胃口慣壞可不好。」

「蔥含有的大蒜素跟蒜頭不是一樣的成分嗎？」

「世界最強吸血鬼才不用顧慮區區蒜頭。應該說，古城連餃子和香蒜義大利麵也都照吃不誤嘛！」

「妳講的是在恩萊島虛擬空間發生的事情吧！」

「就算那是虛擬空間發生的事情，我跟古城曾經在一起也是事實！」

「呃～～……我說啊，妳們何必爭那種無關緊要的小事……」

古城望著雪菜和雫梨爆發的無謂口角，感到有些不知所措。她們倆都屬於一板一眼又責任感強的人，吵成這樣更是互不相讓。或許性格看起來類似，本質上卻合不來。原本她們倆還曾經在初次見面時動真格開打。

「大哥，你請用。」

凡事照自己步調的夏音都沒有注意到雪菜和雫梨起爭執，就把舀好壽喜燒的碗遞到古城面前。古城嘴角緊繃，卻還是從微笑的夏音手中接過碗說：

「噢……謝謝妳，叶瀨。」

「嗯。」

古城懷著豁出去的心情猛吃壽喜燒，夏音則一臉笑吟吟地望著他。

而雪菜和雫梨看他那樣，都流露著說不出的幽怨。

3

古城等人用完餐以後，結果就決定在第六魔導研究所直接留下來了。

「吸血王」和末日教團的動向從昨晚便一直不得而知，率領大軍占據各地的真祖們也都沒有明顯動作。古城要是沒頭沒腦地主動出擊，反而會讓事情更麻煩，所以眾人得到了只好靜觀其變的結論。

選擇待機還有另一個理由——古城的身體狀況並不完善，這也是要考量的因素。

研究所原本就是設計供魔導罪犯使用，住起來自然不該期待會像頂級飯店那樣舒適。兼為牢房的單人房裡只擺了小小的床，沒有豪華的視聽劇院，更沒有健身房。有的只是空間亂寬廣的淋浴間而已。

「可惡……沒用嗎……！」

深夜，古城就在淋浴間一邊沖冷水一邊將額頭撞向牆壁。

醒來時感受到的飢餓隨時間經過而加劇了。

並不是用餐時吃得不夠。臣民送來的壽喜燒牛肉量多得吃不完，而且雫梨講究程序沖的紅茶，古城也被迫喝到膩了。

即使如此，古城感受到的飢渴仍沒有獲得化解。

為了盡可能安撫賁張的神經，古城不停用冷水淋在頭上。於是——

「大哥，你在這裡嗎？」

從淋浴間外面傳來了文靜的少女嗓音。

古城關掉淋浴的水，在腰際裹上浴巾。

站在霧面玻璃門外面的人是穿T恤配短褲的夏音。她那身不常見的便裝打扮，讓古城沒來由地緊張起來。

「呃……叶瀨？怎麼了嗎，這種時候跑來？」

「我幫大哥拿了替換的衣服過來。」

夏音只把門打開一半探出臉，和氣地微笑著這麼說道。她捧在胸前的，是全新的成套男用衣物。

「替換的衣服？」

「對。院長大人幫忙準備的。」

「用鍊金術嗎……原本的材料是什麼？」

古城挑起眉毛問。夏音口中的院長大人指的是自稱「古時大鍊金術師」的妮娜・亞迪拉德。經過曲折離奇的事件之後，妮娜成了身高不滿三十公分的人偶尺寸，但她身為鍊金術師的實力依舊健在，像衣服這點小東西隨時都能創造出來。只不過，那需要材料當「祭品」。

「這套服裝用了白菜、蒟蒻絲還有煎豆腐當材料。」

夏音回答的口氣毫不遲疑。古城瞠目結舌地說：

「那不就是壽喜燒的材料嗎！鍊金術也太猛了吧！」

「我開玩笑的，其實是用了預備的白袍和囚衣。」

「玩笑話喔？等等，妳說囚衣……囚衣啊……唉，也罷……」

沒想到夏音會如此回答，古城露出一絲苦笑。總之，有衣服能換就要感謝了。事情講完，夏音應該也會離開吧？如此心想的古城向她道謝以後，便打算回到淋浴間。

可是夏音卻把衣服擱在更衣室的長椅上，還邁步鑽過半開的玻璃門。

「我可以進來嗎？」

「咦？妳說要進來……叶瀨，這裡是淋浴間耶。」

夏音唐突的提問使得古城傻傻地回話。

銀髮少女似乎領會了什麼，眨眨眼睛說：

「我是不是也脫掉衣服比較好？」

「欸，等一下！為什麼妳要那樣！」

夏音突然把手伸向T恤下襬，古城連忙想阻止她。可是，古城想起自己赤身裸體，就在躊躇是否該靠近她。

另一邊的夏音則始終滿臉認真地回望古城說：

「不脫掉的話，衣服就要濕掉了。」

「不是那樣，我在問妳為什麼要進來一起洗澡啦！」

古城狼狽不堪地拚命想把夏音趕走。即使如此，夏音仍毫不猶豫地脫掉衣服，朝古城接近而來。

「叶瀨……妳怎麼……！」

古城好似對她全無防備的模樣看得入迷，便愣愣地嘀咕了一句。

大概是對全裸見人仍有忌憚，夏音身上還穿著內衣褲。但是，她裸露在外的白皙肌膚已足以迷倒古城。

嬌弱如妖精的手腳、纖瘦的肩膀，還有微微隆起的胸脯，由清純的內衣包裹著，反而更顯煽情。

「我聽見了聲音。」

夏音靜靜走向僵掉的古城，並用真摯的臉色告訴他。

「……聲音？」

古城聲音沙啞地反問。夏音的碧藍雙眸映出這樣的他。

「野獸們發出了聲音。大哥體內的那些野獸。」

夏音把耳朵湊向古城濕漉的胸膛。她的體溫透過緊貼的肌膚傳來，銀色秀髮的芬芳刺激古城的鼻腔。

有股躁動的野性竄上古城背脊。強烈的破壞衝動伴著快感，將他的意識染白。

「不行！妳快離開，叶瀨！」

古城抓住夏音的肩膀，打算硬把她扒開。

夏音卻把手繞到古城背後，用意外強勁的力氣緊緊摟住他。

「不要緊……大哥你不用怕了。」

「叶、叶瀨……？」

「我也想成為大哥的助力。因為我沒辦法像雪菜她們一樣，陪大哥並肩作戰，至少請讓我出這點力……」

夏音在古城眼前露出了細細的頸子。那副模樣讓人聯想到聖女準備以己身獻祭的姿態。透過細緻的柔膚，可以知覺到她的藍色血管。

「叶瀨……！」

強烈的飢渴將理性驅離，古城把手繞到夏音背後。他把嘴脣抵在她的頸子上，就在那一瞬間——

喀嚓一聲，更衣間的門被打開，傳來有人走進浴室的動靜。

「！」

夏音的身體像觸電一樣僵住，古城則是發麻似的停下動作。冷汗直流，古城的背後濕了一大片。

畢竟今晚待在這塊居住區的男性就只有古城和叶瀨賢生。既然古城人在淋浴間，除叶瀨賢生以外不可能會有人走進更衣間。

那位前宮廷魔導技師撞見古城和自己女兒裸身相擁，會有什麼反應——想像到這一點，古城嚇得臉色發青。

然而，從更衣間傳來的說話聲是來自更加意想不到的人物。

「Ehi……古城？你不在嗎？」

「卡、卡思子？」

儘管古城從一開始的恐懼獲得解脫，卻又有新的混亂來襲。

香菅谷雫梨自許為聖團的「修女騎士」，對於違反風紀是比人多嘮叨一倍的。這樣的她會在半夜闖進男生在洗澡的淋浴間，感覺得出事態非同小可。可以的話，古城希望就這樣屏息等雫梨走掉，但是也不無可能出了什麼緊急狀況。

「很抱歉，叶瀨，妳能不能暫時躲在這裡？」

古城壓低聲音說道。好的——夏音點頭。她的個性基本上是乖巧聽話的。

古城把夏音推到淋浴間不起眼的角落，然後走向更衣間。

趕在雫梨進來之前，他推開玻璃門走出淋浴間。

回頭的雫梨便注意到了古城。

「古城，既然你在就早點回話——欸，為什麼你光著身子！」

大驚失色的雫梨猛睜眼睛，隨即摸向長劍的握柄。

古城一臉生厭地撥起濕掉的瀏海說：

「是妳擅自闖進來的吧！我沖澡沖到一半！」

「Sta zitto！安靜！這樣會被其他人發覺！」

「不想被人發覺的話，妳就別進來啦。」

古城像在趕礙事的野狗，草草揮了揮手。

所幸，雫梨還沒注意到夏音脫下的衣服。就算這樣，古城的幸運也未必能永遠持續，非得在露餡之前叫雫梨離開。

可是雫梨的反應卻跟古城料想的不一樣。

「……被發覺會感到困擾的，難道不是你嗎？」

雫梨毫不畏懼地朝著只裹了浴巾的古城接近而來。

「妳這是什麼意思？」

古城懾於她那謎樣的魄力，但還是用發抖的聲音反問回去。他擔心夏音的存在是不是已經穿幫了。

雫梨停在古城眼前，伸出食指輕輕摸了他的嘴脣。

「我是指——吸血衝動。」

「！」

古城的心臟猛然一跳。雖然他想強裝平靜，但已經晚了。靠著古城一瞬間露出的神情，雫梨的猜測轉變成篤定。她傻眼似的無奈搖頭說：

「我『當過你的監視者』，難道你以為能瞞過我的眼睛？再怎麼吃吃喝喝，也止不住你喉嚨的渴吧？」

雫梨一邊像在訓誡小朋友似的說著，一邊解開劍帶，把長劍連同劍鞘擱到長椅上。接著，她率性地動手解開制服的釦子，不甚明顯的乳溝和碎花胸罩露了出來。

「唔……唔喂！」

「『伊魯瓦斯魔族特區』……我的故鄉已經不在了。」

雫梨羞澀地紅著臉，並且以毅然口吻說道。她並非不覺得害羞。即使如此，雫梨仍不停下脫衣服的手。她用認真的眼神直直朝古城仰望而來。

「我再怎麼冀望，也無法取回伊魯瓦斯。可是，絃神島不同。趁現在還能取回和平的生活，為此會需要你的那份力量。」

脫掉裙子的雫梨伸出手，想要摟住古城。

可是，古城彷彿在拒絕她，一路退到牆際。

「不行，卡思子……！」

「意、意思是我不能滿足你嗎！之前完事過一次，我的身體就沒利用價值了嗎……！」

雫梨繃緊表情，好似內心受傷地聲音發抖。只見她的眼睛逐漸被淚水濡濕。

古城連忙用力搖頭說：

「錯了啦，白痴，不是那樣！」

「白、白痴？你罵我白痴？」

「我目前的飢渴，並不是普通的吸血衝動。我已經克制不住自己了。」

古城不領情似的伸出手，還把目光從她赤裸的身體別開。

「克制不住……？」

雫梨眨了眨眼睛。古城痛苦地喘氣說：

「光是從別人身上奪走一點血……當成靈力的觸媒還不夠。在這種飢渴得到化解以前，我會無止盡地不停吞噬他人的力量，連生命安全都無法保證，我才不可能吸妳的血吧！」

「既然這樣，你更應該選擇我！」

雫梨賭氣似的說完，就硬把古城的右手按到自己的胸脯上。而且，是按在胸罩的內側。

從手掌傳來的鮮明觸感讓古城思路停擺。

「什……？」

「我可是鬼族。憑我的肉體，就能讓無法從其他女生身上獲得滿足的你感到滿足。」

「不、不對吧……這……」

古城就像被撈上岸的魚，嘴巴開開闔闔。理性熔斷以後，他已經抵抗不了雫梨的誘惑。

雫梨好似要索吻一樣抬起秀氣的下巴，將標致臉蛋朝古城貼近而來。

叩叩叩——就在隨後，有人敲響了更衣間的門。

古城和雫梨回神看了彼此的臉，都變得倉皇失措。

「——曉學長，能不能讓我進去？」

隔著更衣間門板傳來了雪菜的說話聲。古城在淋浴間這件事，她身為監視者，當然都有所掌握才對。或許雪菜是介意他沖澡的時間異常地久，才會過來確認情況，表示要假裝不在撐過去是行不通的。何況更衣間入口的門被設計成無法從內側上鎖。

「姬柊雪菜為什麼會來嘛！」

雫梨一臉被逼急的模樣，還怪罪似的朝古城貼過來。古城猛搖頭說：

「我哪會曉得……！反正妳快躲！」

「叫我躲，是要躲哪裡！」

雫梨環顧四周，然後將目光停在更衣間角落。那裡擺著用來裝打掃工具的置物櫃。

「學長，我要進去了喔。」

雪菜大概是對更衣間裡鬧哄哄的狀態起了疑心，便加重語氣。

「姬、姬柊，妳等等！」

古城怕門被打開，急著想從內側堵住，雪菜卻意外有勁地強行開門。

「學長這麼慌張究竟是為什麼……！還沒穿衣服的話，跟我說一聲就行了啊……！」

「都叫妳等等了吧。」

千鈞一髮，古城確認雫梨在置物櫃躲好以後，安心地吐了氣。接著只要用澡沖到一半當藉口把雪菜趕走，問題就暫且解決了。

然而雪菜露出險惡的臉色朝古城的臉仰望過來。她那認真的眼神讓古城困惑了。

「學長，你的頭髮怎麼……？」

「頭髮？」

古城摸了摸仍然濕潤的頭髮，並把目光轉向牆上掛著的鏡子。

雖然也有傳說指出鏡子照不出吸血鬼，但那僅限於少數特殊的鏡子。起碼古城至今為止從來沒有因為無法照鏡子而頭痛的經驗。

在寬而長的大鏡子裡有著自己熟悉的身影。

腰際只裹了條浴巾，修長具肌肉的體型，眼神慵懶的平凡面孔。

不過唯獨今天，鏡中的自己卻招搖得讓古城有種判若他人的印象。

那是隨觀看角度不同，時時都在改變色澤的華麗金髮所致。

古城的頭髮在不知不覺中變成了超醒目的金色。

「這是怎麼搞的～～！」

古城貼在鏡子前叫了出來。全無脫色及染髮的痕跡，好似重新長過一遍的完美金髮。話雖如此，問題大概出在古城原本的長相，散發的氣質簡直像腦袋糟透的鄉下不良少年。

「原來不是學長自己變的嗎？」

雪菜摸了古城的頭髮問。

「我哪有那種本事！」

古城隨口回嘴。第三真祖嘉妲．庫寇坎據說可以隨意改換自己的容貌及性別，但古城當然沒有那種能力。

不曉得頭髮是從何時變成金色的——然而，原因恐怕出在接連湧上的吸血衝動。

說不定夏音和雫梨都發現了古城身上的變化，但她們刻意不提及那件事。她們的髮色本來就夠醒目了，因此應該也沒有理由特地為這種改變嚷嚷。

傷腦筋——古城一邊埋怨一邊抓亂自己的瀏海。

「要是被那月美眉看見，她八成有話要說。我們學校對於頭髮顏色是怎麼規定的？」

「學長最先擔心的是這一點啊……」

雪菜傻眼地嘆了氣。接著她好似換了心情地微微搖頭，然後用一如往常的正經表情仰望古城。

「與其擔心那些，現在不是有更深切的問題嗎？」

「問題？」

「我是指吸血衝動——學長。」

「呃，沒有啦……這個嘛……」

跟雪菜交談的古城冒出既視感，把話含糊帶過。

就算因為髮色改變而受了動搖，並不代表他已經從方才的吸血衝動獲得解脫。由於一再被人「打斷」，他反而接近極限了。

加上雪菜似乎剛洗完澡，泛紅的白皙肌膚和洗過的頭髮格外誘人。她對此毫無自覺，還直接湊向古城說：

「學長真的以為能瞞過我這監視者的眼睛嗎？你從在車站失控時，就一直為吸血衝動所苦，對不對？」

「不……不是那樣的，姬柊……我是因為……」

古城遮住自己的嘴邊，彷彿在掩飾犬齒發疼。雪菜則是帶著一副充滿使命感的嚴肅表情，解開制服領結說：

「學長，如果我的血可以抑制症狀——」

「……我就說了，那樣是不行的。姬柊，我不能吸妳的血。」

古城從雪菜的頸子轉開目光，不打算領她這份情。

而雪菜就抓住古城的手，不安似的目光閃爍。

「……請問這話是什麼意思？莫非是因為……學長，你另有喜……想吸血的對象……」

「呃，我就說不是那樣了……」

什麼道理啊？如此心想的古城歪了嘴。

「萬一現在吸了妳的血，我會把持不住，應該說，會忍不住把事情做到最後──」

「做、做到最後……是嗎……」

雪菜咕嚕吞了一口氣。有那麼一瞬間，她曾畏懼似的垂下目光，並且摸了左手的戒指。

接著雪菜就像下定決心，再次抬起臉說：

「請學長……要負起責任喔。」

「咦……？」

古城摟住臉紅委身而來的雪菜，還感到眼前一陣昏花。最後僅剩的理性因而短路，他任由衝動把手繞到雪菜背後。

而淋浴間就傳出一聲可愛的「哈啾」，打斷了古城的動作。只穿內衣褲被擱在裡頭的夏音打噴嚏發出了那樣的聲音。

「哈啾……？」

雪菜突然臉色凝重，緩緩把目光轉向淋浴間的玻璃門。

「淋浴間裡有人在嗎？」

「沒、沒有啊。不可能有人吧？」

雪菜的嗓音莫名冷冽，使得古城急忙搖了頭。

古城伸開雙臂擋住路，雪菜便冷靜地把他推開。古城從雪菜身上感受到一股幽幽的殺氣，而且不知道為什麼那股殺氣是衝著他來的。

「既然如此，我進去也不會有問題吧？」

「不不不，那樣不好吧。跑進男生剛用完的淋浴間，太不衛生了。」

「請學長讓開！」

古城拚命想勸解，雪菜「啪」地擋開了他的手。那一擊看似輕輕碰觸，手腕的劇痛卻讓古城忍不住叫出聲音。

「叫妳等等嘛！說不定是路過的座敷童子之類啊！」

「那我身為獅子王機關的劍巫更不能縱容！」

「唔喔！」

「呀啊！」

被雪菜推到一邊的古城失去平衡，撞上背後的家具。

用來放打掃道具的老舊鋼製置物櫃。這一撞讓置物櫃的門開了，裡面放的拖把、刷子連同半裸的少女滾到外頭。古城就這樣跟她扭在一起滾到地上。

「好痛……」

「你到底打算做什麼嘛，古城……想把我壓扁嗎……」

被壓在底下的雫梨成了肉墊，還恨恨地瞪向按著肩膀叫痛的古城。

而雪菜就愣愣地俯視古城他們說：

「香、香菅谷同學……？妳躲在這種地方……究竟是在做什麼……」

「姬柊，不、不是那樣的。妳別誤會。」

「沒、沒錯，姬柊雪菜。我這並不是為了搶得先機……！」

仍糾纏在一起的古城和雫梨試著辯解。

隨後，淋浴間又傳出「哈啾」的聲音。

雪菜默默接近霧面玻璃門，古城還來不及阻止，門就被推開了。

躲在淋浴區的夏音露出臉，為難似的看向雪菜和雫梨。

「夏、夏音？」

「啊～～……」

隨妳們去吧——古城趴到地上。雪菜則茫然杵在原地，雫梨也發不出聲音。

「對不起，大哥。你明明叫我躲好的……」

夏音大概是對自己不小心打噴嚏有罪惡感，散發出來的消沉氣息甚至讓人同情。話雖如此，發生這種狀況當然不能責怪她。

「這、這、這怎麼回事，古城！為什麼她會在淋浴間……！」

雫梨激動得騎到古城身上逼問。

而雪菜瞪著雫梨說：

「請不要轉移話題！香菅谷同學，我才想問妳怎麼會躲在置物櫃！」

「想、想趁夜勾引古城的妳，還不是同罪！」

「趁、趁夜勾引……？」

雪菜遭到對方形同惱羞成怒的反駁，就掩著敞開的制服前襟說不出話。

「妳們饒了我吧……」

被雫梨勒住喉嚨的古城則是癱軟無力地嘀咕了一句。

剎那間，古城的心臟猛然搏動了。好似全身血液逆流的強烈目眩感與心悸，讓古城發出痛苦的聲音。持續發作的吸血衝動，這次真的超出了極限。

「唔……啊……！」

「大哥！」

夏音率先察覺古城狀況有異，就臉色大變地趕到他旁邊。

「古……古城？」

「學長！」

幾乎同一時間，雫梨和雪菜也反應過來了。古城粗魯地把想扶自己起來的她們推開，並用沙啞的聲音拚命警告：

「不行，妳們快逃……！」

而雪菜用力摟住古城。抵在右臉頰的柔軟觸感，一瞬間讓古城停住了呼吸。

接著，雫梨從左側摟住了古城。

她們倆的體溫和心跳從左右將古城包覆。

「不要緊，我們會一直陪著大哥。」

最後，好似在呼喚幼兒的慈祥嗓音溫柔地逗弄了古城的耳膜。

古城觸及夏音從背後擁抱的體溫，同時，意識逐漸沉入白茫的昏沉之中。

於是甜美而蠱惑的液滴在古城口中滿滿地擴散開來。

4

好似在逗弄鼻腔深處的香甜氣味讓人醒了過來。

映於朦朧視野裡的，是陳列在整片貨架上五顏六色的點心包裝袋。斐川志緒抓起黏在自己臉頰上的粉彩色物體，瞇細眼睛。

「……軟糖？」

困惑的志緒撐起上身，朝四周看了一圈。

緊急照明的燈光照亮了便利超商裡頭。

店裡沒有人，入口和窗戶拉下了鐵門。相對地，有一部分牆壁倒塌了，外頭的空氣從那裡流了進來。看來這似乎是在領主選鬥初期受戰鬥波及，目前已經歇業的店家。而志緒之前就在店裡一角失去了意識。

「對喔……我……用盡了咒力……」

志緒把手裡握著的西洋弓折疊起來，微微地搖了搖頭。

在逃避第二真祖召喚的成群眷獸還有破滅王朝追兵的過程中，志緒超出極限用盡咒力，似乎就這麼昏倒了。

太陽於不知不覺中已經下山，表示她起碼睡了五六個小時。即使如此，咒力離完全回復仍遠得很，加上全身的肌肉都在發熱發疼。她將體能強化咒（Physical Enchant）使用過度了。

沒有明顯外傷倒是讓人聊感欣慰，不過短期之內應該無法盡全力戰鬥了。在這種狀態下能保護奧蘿菈不受第二真祖侵擾嗎——思考到這裡，志緒警醒地抬起臉。

「奧蘿菈？妳在哪裡？奧蘿菈．弗洛雷斯緹納！」

志緒搖搖晃晃地站起來，並且呼喚了她要護衛的少女名字。

她隱約記得在昏迷前一刻，自己為了甩開追兵，就帶著奧蘿菈逃進了這間超商。問題是在那之後。

或許奧蘿菈擱下動不了的志緒，一個人跑去其他地方了。或者，也可能是只有她被第二真祖抓走。那是料想中最壞的局面。目前的志緒要再次把她救出來，成功率微乎其微。悔恨與恐懼的情緒來襲，使志緒肩膀發抖。

而在陳列架的另一邊，似乎有東西呼應志緒的叫喚動了起來。輕巧倉促的腳步聲傳出，有道小小的身影露出臉孔。

「……狗？」

親暱地望著志緒搖尾巴的是隻陌生小狗。

金毛的哈瓦那。儘管有幾分客氣，牠還是朝志緒接近過來。那副模樣跟志緒稱作奧蘿菈的少女面容重疊在一起。

「奧蘿菈……是妳嗎？到底為什麼會變成這副模樣？」

志緒蹲下將小狗抱了起來。

第三真祖納為血族的吸血鬼據說擁有化身成猛獸或猛禽的能力。倘若是這樣，奧蘿菈身為人工吸血鬼，即使能辦到一樣的事情也不足為奇。

志緒擅自認定以後，就朝小狗搭話。

「抱歉，讓妳擔心了。我已經不要緊嘍。」

志緒認真地訴說，金色的小狗伸舌舔了她的臉。

她一邊笑一邊扭身。有種終於心靈相通的感覺讓她很欣慰。無論奧蘿菈變成什麼模樣，平安就是值得坦然慶幸的事情。

「啊哈哈……別這樣啦，奧蘿菈，會癢嘛。」

「唔……唔……」

「唔？」

從背後傳來的奇妙聲音讓志緒抱著小狗回過頭。

有個金髮少女穿著連帽外套，十分困擾似的站在那裡。志緒無法理解出了什麼狀況，就來回看了那名少女和臂彎中的小狗做比較。

金髮少女——正牌的奧蘿菈賭氣似的怯生生地開口。

「那、那隻小東西並非是我。」

「唔、唔哇……說、說得也對。我就覺得奇怪，畢竟這孩子是公的……」

志緒連忙放下小狗。小狗不捨似的在她腳邊跑來跑去。奧蘿菈有些羨慕地望著那一幕，然後把手裡拿著的某樣東西遞給志緒。是未開封的瓶裝水。

「這是？」

志緒收下瓶裝水問道。

奧蘿菈往上瞟著志緒的反應，一邊告訴她：

「湧自靈峰之雪滴——妳可用此解渴。」

「瓶裝礦泉水……呃，是這家店的商品嗎？」

「無、無須畏懼。因深森託付於我之財源雄厚。」

奧蘿菈說著就指了胸前吊著的荷包。那是她掛在脖子上的蛙嘴型錢包，錢包裡塞了滿滿的零錢。奧蘿菈亮出那些的模樣顯得有幾分得意而且可愛，宛如第一次被派去跑腿的小朋友。買東西要付錢這點常識，她似乎也曉得。

「曉深森……曉古城的母親是嗎？」

志緒用遞來的礦泉水滋潤喉嚨，並且想起曉深森的事。

志緒她們遇見她是在昨天深夜，日期正好要改換的那陣子左右。

放假來蔚藍樂土的志緒和唯里遇見被一群武裝男子追趕的深森和奧蘿菈，自然而然就出手救了她們。

事情會那樣演變，對志緒她們來說出乎意料，在深森心中卻好像是設想過的計畫一部分。不知為何，深森就是知道志緒她們到了蔚藍樂土。

要保護剛醒來的第十二號「焰光夜伯」遠離ＭＡＲ的追蹤者。

並且帶她到曉古城的身邊。

曉深森將這兩項委託連同名為奧蘿菈的少女，託付給志緒她們了。不，應該說推給她們了才對。

然而，被說這是為了終結領主選鬥所需做的事，她們總不好推辭。

就算沒有那層因素，身為獅子王機關的一員，自然不能對構成第四真祖一部分的「焰光夜伯」置之不理。

曉深森把奧蘿菈交給志緒她們以後，為了引開追兵，立刻就去了別的地方。著實是個凡事照自己步調又難以捉摸的女性。

之後她的去向便不得而知。

後來志緒等人渡海至絃神島，就這樣受到第二真祖追趕。

「謝謝妳，這很好喝。」

志緒飲盡礦泉水，然後對奧蘿菈微笑。實際上，補充過水分讓她覺得體力恢復了不少。

「嗯。」

奧蘿菈看志緒滿足，便欣喜似的點了頭，反應就像被人稱讚才藝的小狗一樣，感覺實在不像世界最強吸血鬼之一。

「為了跟曉古城會合，我們要先脫離第二真祖的勢力範圍。妳走得動嗎？」

「唔，當然。」

奧蘿菈面露不安，卻還是盡可能勇敢地點了點頭。

但她立刻關心似的對志緒垂下目光說：

「然則，劍之巫女與龍女……」

「唯里和葛蓮妲，我想是被第二真祖捉住了。」

志緒望著沒有來訊紀錄的手機畫面，淡淡地嘀咕。

她們跟自告奮勇擔任誘餌的唯里等人分開，已經隔了半天。這段期間，既然志緒沒收到任何聯絡，自然可以想見唯里那邊是處在無法通訊的狀態。目前志緒能做的，就只有祈禱兩人平安。

「彼等之犧牲，罪過皆在於我。」

奧蘿菈用十分沮喪的語氣嘀咕。

「並不是那樣的。會讓妳遇到危險，是我們實力不足。」

志緒就像在自我說服一樣，幽幽地回話並搖頭。

「我絕對會救她們倆。但是，現在不行。要對抗吸血鬼真祖，必須有同為真祖的力量——我會帶妳到曉古城身邊，這也是為了救唯里她們。」

「古城……」

一提到他的名字，奧蘿菈的眼裡立刻恢復活力。志緒對這種反應有些訝異。果然曉古城這名少年對奧蘿菈而言是別具意義的。

於是在奧蘿菈提振精神的瞬間，有東西從她的外套口袋掉了出來。裝滿鮮豔點心的小袋子，開封過的軟糖包裝袋。志緒失去意識的這段期間，她好像就是吃那些來止飢。

「我、我已付出對價……！」

奧蘿菈大概是以為擅自拿店裡的商品會被志緒斥責，就連忙開口辯解。軟糖從想要撿起袋子的她手中撒落，她便露出世上罕見的洩氣表情。

志緒見狀忍不住噗哧笑著說：

「我也有點餓了。妳要吃什麼就吃吧，不夠的份我會幫妳付。」

「呼……呼喔喔喔喔！」

奧蘿菈聽見志緒慷慨的發言，眼睛都亮了。

志緒一邊守候著立刻開始挑點心的奧蘿菈，同時也對店裡頭未經人手留下來的商品感到

不可思議。

牆毀後門戶大開，目前歇業中的便利超商。正常來講就算變成掠奪的目標，被無情群眾踐踏也不奇怪。假如特區警備隊處於瓦解狀態就更不用說了。

之所以沒有變成那樣，理由單純是無須掠奪。

受領主選鬥影響，紘神島的物流確實已經停止，ＭＡＲ卻代為提供豐富的糧食及物資，而且還是以幾乎免費的形式供應。關於被領主選鬥破壞的民宅和店鋪，聽說ＭＡＲ也會負擔修繕費用。

電力及用水一類的生命線，目前也都毫無問題地在運作。正因如此，紘神島的普通民眾才能把領主選鬥當成節目來旁觀。

可是花在上頭的龐大經費，對ＭＡＲ這間巨型企業來說也絕非可以忽略的金額才對。要彌補其負擔，末日教團想必付不出那樣的利益。

倘若如此，ＭＡＲ協辦領主選鬥的目的會是什麼──

志緒停下了呼吸，想摸索疑問的解答。

有種十分不好的預感。自己是不是遺漏了什麼重大要素？志緒如此擔憂。領主選鬥在背後是否還有不為人知的另一面？她心想。

然而在探出擔憂的虛實之前，志緒的思考就被拉回現實。

因為奧蘿菈忽然當場縮成一團，並開始發出痛苦的聲音。

「奧蘿菈……？」

「唔……嘎……」

奧蘿菈扭動身體，好似對趕來身邊的志緒不領情。

她周圍的空氣摻雜著寒氣，無意義灑落的魔力刺痛志緒的肌膚。

魔力正從奧蘿菈的體內外洩。那並非她有意為之。魔力對來自外界的刺激起了反應，強制性地受到激發了。

「魔力間的……共鳴？難道曉古城身上出了什麼事嗎？」

志緒的手掌被冷汗沾濕。

奧蘿菈體內的眷獸是從第四真祖撕裂出來的一部分，如今受到更強大的魔力呼喚，正準備醒過來，有如野獸在呼應遠方嚎叫的同伴。

然而，那也是讓敵方得知自身下落的危險舉動。

「靜……下來……蒼冰（Glacies）……！」

奧蘿菈摟住自己纖瘦的肩膀，痛苦地發出呻吟。她的呼喚似乎是傳達到了，魔力突然停止釋出。昏暗的店內再次恢復寂靜。

不過她們沒有空對此放心。

奧蘿菈苦於魔力共鳴的時間約為一分鐘。第二真祖要探出她的下落，時間已經夠久了。

「我們離開店裡吧，奧蘿菈。妳的位置或許被對方發現了。」

「了……了解……」

奧蘿菈搖搖晃晃地起身。志緒則手持銀色西洋弓，朝著毀壞的牆壁靠近。她從牆壁裂縫探出臉孔，窺伺外頭街道的狀況。

魔力共鳴現象發生以後，頂多只過了兩三分鐘。第二真祖的部下要趕到，應該還有些許緩衝時間。

然而，志緒才如此盤算不久，夜晚的街道就耀眼地發光了。

從虛空噴出的鮮血之霧捲起漩渦，化成了野獸姿態。

以雙腳步行的肉食恐龍。雖然體型較小，長度仍輕鬆超過三公尺。

搖曳如火焰的肉體顯示出那頭恐龍是來自異界的召喚獸。濃密得足以具現成形的魔力聚合體，吸血鬼的眷獸。

「那頭恐龍……！難道是第二真祖喚出來的嗎！」

低聲驚呼的志緒咬住嘴唇。

如果是吸血鬼的眷獸，確實可以無視地形或距離，在一瞬間傳送至此處才對。志緒想趁敵人來以前先逃走的計畫泡湯了。

可是，恐龍型眷獸還沒有察覺志緒她們在超商裡。大概是遠距離遙控的關係，就連第二真祖也無法精確掌握奧蘿菈的位置。

能不能躲在這裡直接混過去？志緒如此抱著一絲期待，隨後就目睹了難以置信的光景。

金毛小狗朝眷獸吠了起來。

小狗汪汪汪地吠個不停，讓眷獸生厭似的瞪了過來。

在小狗看來，那應該是受恐懼驅使的本能性舉動，不過得到的完全是反效果。相較於吠聲，眷獸對於小狗的敵意起了更多反應，進而自動採取攻擊的態勢。

「小東西……！」

奧蘿菈悲痛地叫出聲音，朝小狗跑了過去。

「什……！」

志緒則茫然望著她的背影。憑奧蘿菈的力量——只要解放沉睡於她體內的第四真祖眷獸，應該就能救那隻小狗。

可是，如果那麼做，奧蘿菈自己也無法倖免於難。

最糟的情況下，她會當場消滅，第四真祖的十二號眷獸沒了宿主將失去控制，絃神島難保不會被整座掀起。

為了不讓奧蘿菈動用眷獸，志緒只能搶先打倒那頭肉食恐龍。

「……狻猊之舞伶暨高神真射姬於此誦求！」

志緒舉起銀色西洋弓，將最後一支咒箭搭上弦。她一邊豁盡咒力灌注其中，一邊瞄準至精密的極限。

就算靠改良型六式降魔弓（Freikugel plus）的最高輸出，要硬碰硬也敵不過真祖的眷獸。她只能將咒力凝鍊到極限，以單點集中來提升威力。

「雷霆召來——！」

咒箭伴隨巨響從西洋弓飛射而出之後，形成了無數交疊的魔法陣。志緒的咒力透過好幾重增幅，化成一道光芒射穿肉食恐龍的心臟。

龐大魔力與咒力相衝，拮抗了短短一瞬。

經過猶如永遠的一瞬間，驚人的爆炸掀湧開來。

絃神島的大地震得劈啪作響，周圍建築物的玻璃悉數碎散，閃光令志緒眼花撩亂。當那陣光芒消失時，第二真祖的眷獸已經消失得不留痕跡，只剩地面被深深挖開所留下的扇狀缺口而已。

「志緒！」

抱著小狗跑回來的奧蘿菈看志緒膝蓋跪地，就發出了尖叫。

「別過來，奧蘿菈……！快逃，至少，能讓妳逃掉就好……」

志緒擠出僅剩的力氣大喊。

被改良型六式降魔弓以咒術砲擊摧毀的肉食恐龍很快就開始重生了。憑志緒的力量，果然不可能完全摧毀真祖的眷獸。

剩下的咒力已經不足以再一次發動咒術砲擊。如今志緒所能做的，就是盡量讓奧蘿菈逃遠一點而已。

可是奧蘿菈卻朝志緒伸出手，並且拚命告訴她：

「我不從。妳的使命乃是引導我至古城身邊，事成之後，妳尚要救回劍之巫女吧！」

「抱歉……可是，憑現在的我……」

幽幽搖頭的志緒不打算領奧蘿菈這份情。

第二真祖的眷獸已經重生完畢，還用火亮的雙眸朝志緒她們望過來。

志緒明知無濟於事，還是抓了攻擊用的咒符備戰。

隨後，志緒她們耳邊冒出了聲音。

『——妳們兩個，都別動喔。』

「咦！」

毫無緊張感的呼喚聲冷不防傳來，志緒和奧蘿菈都停下動作。那是志緒不認識的少年嗓音。

狂風在遲疑的志緒眼前捲起，沙塵飛揚剝奪了視野。

雖然眷獸的身影看不見了，但是在眷獸的立場應該也一樣。相對地，可以聽見有腳步聲逐漸遠去，還能聽見跟志緒她們極為相似的女性嗓音。

志緒發現那是假造的。有人在操控聲音，想營造出志緒她們逃掉的假象。

然而吹襲的風只是普通的風，感覺不到任何類似魔力的能量。在視野被剝奪的狀態下，就算是吸血鬼真祖也不可能識破那陣腳步聲是假的。

肉食恐龍追著假的腳步聲，逐漸跑遠了。

志緒確認眷獸的氣息已經消失，才露出稍微安了心的表情。抱著小狗的奧蘿菈也放鬆力氣，坐到地上。

「唉，好像設法騙過對方了。那頭眷獸的智商該不會也跟恐龍相近吧？」

從至今仍在吹襲的暴風沙對面有聽似輕佻的講話聲傳來。

志緒抬起臉看向嗓音的主人。

身穿休閒便服，年紀似為高中生的少年。

偏短的頭髮直直豎起，還戴著密閉型大耳機。身上沒帶什麼像武器的武器，看起來也不像會用咒術的人。可是——

「妳……！妳為何會……？」

奧蘿菈抬頭望向少年以後，就震驚似的睜大了眼睛。她的反應出乎意料，讓志緒難掩疑惑。

「真高興耶。原來妳記得我啊，奧蘿菈。」

少年回望困惑的奧蘿菈，並看似懷念地瞇細眼睛。接著他把摘掉的耳機掛在脖子上，然後故作熟稔地將右手朝志緒伸了過來。

「我是人工島管理公社的矢瀨基樹。救兵來嘍，斐川志緒。」

5

古城作了夢，有個嬌小的金髮少女將甜甜的軟糖塞得滿嘴的夢。

「奧蘿……菈？」

她那令人懷念的面容，在古城醒來的同時便逐漸沉入遺忘深淵而消逝。

古城一面體會到彷彿胸口被人緊揪的失落感，一面在黑暗中睜開了眼睛。

過去建為單人牢房的狹窄房間，那就是古城分到的個人房。他不曉得自己什麼時候回到了這裡，沖完澡之後的記憶曖昧模糊。

全身沉重，簡直不像自己的肉體。

雙臂發麻失去了手指的感覺。即使如此，古城還是搖晃身體，硬想爬起來。

剎那間，右掌傳來奇妙的感覺。有彈性卻又柔軟，冰涼卻又溫暖，而且摸起來舒服得好似會吸手的物體。

「這軟軟的是什麼……？」

古城在黑暗中凝眼看去，然後就差點嗆到了。因為他無意間掐著的是雪菜敞開制服入眠後裸露出來的胸脯。

「唔喔……！」

儘管腦袋裡滿是問號，古城仍急忙放手，並且幫雪菜把移位的內衣穿好，活像在湮滅證據。

但古城這回還來不及放心，就發現自己左半身被柔軟的物體裹著。原本趴睡的古城左臂被半裸的雫梨用全身緊緊摟著。

何止如此，古城原本以為的枕頭其實是身上只穿內衣的夏音。

古城把衣衫不整的三個人當抱枕摟著，不省人事地一直沉睡到剛才。

加上古城自己是一絲不掛。即使挨告也怨不得人的光景。

「是發生了什麼，狀況才會變成這樣啊……」

手足無措的古城道出疑問，她們三個什麼也沒有回答。與其說她們睡著了，不如說是累得失去意識。

「原來……她們三個……合力擋下了我的吸血衝動嗎……」

古城一點一點取回記憶，內心湧上了強烈的罪惡感。

因吸血衝動而自失的古城侵犯了雪菜她們三人，將她們的靈力吸收到無法動彈為止。連靈力優異於常人的雪菜她們合三人之力都會失神，可見古城有多麼胡來。若換成別人，即使有人因此喪命也沒什麼好奇怪。

「唔……！」

發疼的鼻腔冒出鐵味，古城連忙從她們三個身上轉開目光。她們的柔膚觸感在腦裡復甦，吸血衝動差點跟著復發。

「吸了這麼多靈力，居然還不夠嗎……」

古城拉起毯子，蓋住床上三人的身體。儘管多少有些不捨，但現在不是說這些的時候。

他將目光從雪菜等人的睡臉轉開，一面換上摺好的新衣服。

妮娜幫忙準備的替換衣物，跟古城平時穿的制服及連帽衣是同樣款式。雖然缺乏新意，不過現在有衣服能換就要感謝了。

「嗯……學……長……」

睡著的雪菜忽然嫵媚地講出夢話。受她牽引，夏音和雫梨也發出莫名挑逗的呼聲，古城便為此肩膀發顫。

古城痛切體認到繼續留在這裡會撐不住，就逃也似的離開房間。

時間已是深夜，然而研究所裡仍有眾多人們的動靜。

叶瀨賢生和妮娜治療負傷的亞絲塔露蒂直到這個時間。在其他樓層，似乎還有古城他們不認識的研究員在工作，還能看見值班的警衛身影。

怕被發現的古城挑了別無人跡的通道，就輕易來到建築物外頭。與其說警衛不中用，應該單純是人手不足。

昨晚古城跟「吸血王」交手打穿的牆壁與天花板仍是毀壞的，都遭到了擱置。從人工島地下仰望的天空滿布繁星，很是賞心悅目。

古城抬頭望著銀月，在街上一路漫步。夜風讓發熱的身體感到舒適。

然而，如此快活的時間也持續不久。

古城察覺到刺膚般的不快視線，便煩躁地停下腳步。全身感官變得敏銳到連他自己都訝異的地步。

「給我出來。」

古城突然朝黑暗深處喚了一聲，用挑釁似的馬虎態度，還不忘招手。

受其挑釁，有人影從建築物死角魚貫現身。總共三人，手腕全戴著金屬製魔族登錄證（Ring）。

「搞什麼，還是個小鬼嘛，居然擺架子。」

魔族男子瞪向古城撂話。一臉看起來就像個混混的高大男子。

他恐怕是擅使精靈魔法的巨人族（Gigas）亞種。然而，對古城來說無關緊要。

「一個人嗎？有膽識。」

「吸血鬼……小子，你就是這個領域的領主人選嗎？」

「啥？你們幾個是鬧了什麼誤會，才把我當成那月美眉？」

男子們的質疑讓古城生厭似的板起臉。制壓這一帶的領主是「空隙魔女」，而他們連這點情報都沒有掌握清楚。八成是流亡領主人選剛來到北區，正在探勘碰巧看上的建築物。

「怎樣都好，你們幾個快逃吧……！」

古城低聲警告。他體內的野獸對男子們的敵意起了反應，正在發出吼聲。古城壓抑不了滿溢的凶猛情緒。

男子們看古城痛苦地咬響牙關，都嘲弄似的笑了出來。

「啊？」

「我叫你們現在馬上從這裡離開！不想活了嗎！」

古城瞪著男子們大吼。他的自制心已經到極限了。

一瞬間，那些人怔了似的變得沉默，隨後就顯露出廉價的憤怒。他們應該是覺得被古城看扁了。

「臭小鬼！」

「你別以為自己有多行！」

「——混帳東西！」

男子炫耀似的打算發動精靈魔法，古城就以絕望的臉色看了他們。

從這樣的古城背後湧出了有如漆黑火焰的魔力洪流。

洪流化形為醜陋的翅膀，朝男子們的巨軀橫掃而過。

爆壓沖過街道，將地面掀翻。好幾棵行道樹被連根拔起，路燈的支柱從中折斷。

那些魔族男子連慘叫都無法發出就被砸向背後的建築物。骨頭碎裂的異樣聲音響起，鮮血從他們口中湧出。由古城背後長出的翅膀更化作巨刃，捅進他們的身體。

漆黑翅膀從男子們的身體吸取鮮血與魔力，愉悅地打起哆嗦。

「學長！剛才的魔力……究竟發生什麼事……？」

可以看見雪菜手握銀槍，從研究所衝了出來。原本雪菜的身體情況應該還無法活動，但是她發現古城人不在，就拚命追過來了吧。

「這是……！」

雪菜發現古城長出了漆黑翅膀，便無言以對地停下動作。

古城力竭似的當場跪到地上，漆黑翅膀隨之消滅。將巨人族男子們的魔力吞噬完之後，翅膀就失去了維持實體的理由。

古城全身汗濕，並且不停喘著氣。

他並不是覺得痛苦。正好相反。

施展壓倒性的力量蹂躪敵人，然後吞噬他們本身的生命力。

那無比的快樂讓古城感覺到意識好似要遠離的恐懼。自己將流於慾望及衝動，而無法保住自我——他有這種預感。

「學長……」

受驚而表情緊繃的雪菜趕到古城身邊。

隨後，夜裡寂靜的街上響起宏亮聲音。是含笑的開朗說話聲。

「噢噢～～……少年，你這一手還真狠啊。可怕可怕。」

有個格外高大且樣似運動員的外國人站在那裡，俯視著昏倒的巨人族們。打扮休閒的他穿著寬鬆工作褲及工作靴，搭配黑色無袖背心。

「你……！」

「這位是……第一真祖……齊伊．朱蘭巴拉達？」

古城和雪菜同時發出驚呼。高個兒男子——齊伊卻顯得失望地擺出臭臉說：

「搞什麼，原來我的身分已經洩露了嗎？我看是亞拉道爾做的好事吧……居然搶了別人的樂趣，好不容易想嚇嚇你們的耶。」

齊伊的態度就像個惡作劇失敗的小孩，還出腿踹在地上。

而古城和雪菜都愣愣望著第一真祖那副模樣。著實懊惱的他看起來實在不像最強最古老的夜之帝國「戰王領域」之主。

「算啦，多虧如此，我也看見了有趣的玩意兒。」

齊伊排遣似的微微搖頭，並且自信地咧嘴笑了出來。他並非所謂的美男子，卻是個舉手投足都莫名帥氣的男人。

「你怎麼會在這裡……？」

古城起身擺出架勢。

在阿爾迪基亞機場只是碰巧錯身而過，但這次與當時情況不同。齊伊以領主選鬥參加者身分來到絃神島，並且在古城面前現身。

他身為第一真祖，如果真的有意追求絃神島的領主寶座，肯定遲早會跟古城交手。即使在此時此地就動手廝殺也不奇怪。

可是齊伊卻毫無防備地杵著不動，還望著古城愉快地笑了。

「別這麼殺氣騰騰，少年。我是基於擔心才特地過來看看你的狀況。」

「……難道說，你曉得我的身體出了什麼事？」

古城保持對齊伊的戒心反問回去。

既然會提到擔心，表示他應該察覺古城身體有異了。

說不定齊伊對其中的原因心裡有數。畢竟他身為吸血鬼真祖，可是古城的大前輩。

「是啊，當然曉得。你不也察覺到了嗎？」

齊伊用輕鬆的口氣回話。

古城忍氣咬住嘴唇。第一真祖點出的是事實。古城已經曉得身體有異的原因，他只是害怕承認而已。

「學長？」

雪菜將疑惑的目光望向古城。

齊伊看似愉快地朝保持沉默的古城喚道：

「照這樣下去，事情又要重演了。」

「重演？你是指什麼……？」

古城用不安的表情回望齊伊。高大的第一真祖像在賣關子一樣歪頭說：

「那叫什麼來著……我想想……對了，那叫『焰光之宴』。」

「你說……『焰光之宴』……？」

古城全身失去血色。所謂「焰光之宴」，就是被封印的第四真祖於復活之際所發動的儀式魔法。

而儀式的真面目，則是以超廣範圍為目標的大規模無差別記憶搾取。位於「宴席」效果範圍的人，無分人類及魔族都會被奪走所有記憶，並失去知性，終至死亡。

「嚴格來講不盡然相同，不過原理上是類似的。」

齊伊望著臉色蒼白的古城，凶狠地微笑。

「不同的地方在於，引發上次『宴席』的是『原初奧蘿菈』，而這次她不在，頂多就是這樣。」

「『原初』明明已經消失了，『宴席』為什麼還會發生……？」

古城逼近齊伊。

「喂喂喂，你要用點腦袋，少年。那不用想也知道吧？」

齊伊誇張地搖頭。

「會引發『宴席』的是你。精確來說，應該是你體內的那些眷獸。」

「眷獸……？」

雪菜納悶地嘀咕一句。她並沒有遇過「原初奧蘿菈」，因此不曉得「宴席」的恐怖。

「可是照理說，學長已經把第四真祖的眷獸納入支配了……！」

「把眷獸納入支配？」

齊伊訝異似的挑眉。那股訝異立刻就轉為爆笑。他彎下高大的個子，捧著腹部笑個不停。在古城他們的觀望下，齊伊拭去眼角盈出的淚珠。

「那真是天大的玩笑。連我都辦不到那種技倆喔。」

「咦……！」

雪菜彷彿難以置信地睜大了眼睛。

齊伊·朱蘭巴拉達是第一真祖，最古老的吸血鬼之一，跟古城這種因故成為第四真祖而非完整的吸血鬼不同。可是，就連齊伊也表示他無法支配自己的眷獸。

「你們是不是把吸血鬼的眷獸當成了方便的道具還什麼來著？所謂的眷獸，既不是吸血鬼的武器或持有物，更不是聽話的寵物。那只是棲息在我們體內的臭猛獸喔，它們要是覺得缺飼料，會自己跑出來覓食是當然的吧？」

「飼料……？」

雪菜蹙眉。

「就是魔力啊。」

齊伊露出潔白的犬齒笑了。接著，他指向杵著不動的古城的心臟說：

「所謂第四真祖是造來率領十二頭眷獸以『成為世界最強』的人工吸血鬼。可是呢，少年，目前你缺了其中一角。不足的部分得有東西來補——眷獸們打從本能曉得這一點。」

「……可是，以往從來沒發生過那種事啊。」

古城用無助的口氣提出反駁。傷腦筋——齊伊聳聳肩說：

「表示以往你鬥過的對手，全都屬於第四真祖用不著認真的對手吧。別讓我把話講得太明。連迪米特列那小毛頭跟你打上一場後，也會淪落成那樣。」

之前古城在真祖大戰打倒的吸血鬼——據傳實力與真祖最為接近的戰王領域貴族之名，被齊伊懷念似的提及。

「可是，這次不太一樣。這座島上有我和『滅絕之瞳』那傢伙，連『混沌皇女』那個老太婆都到齊了。你的眷獸已經發現，保持非完整的現狀會大事不妙。」

「所以它們才會追求魔力？為了代替第十二號眷獸……？」

「假如說——它們要的仍只有魔力，狀況倒還好。」

齊伊挖苦似的撇嘴。

「就算把這座島上所有魔族的力量都吸盡，也未必抵得過第四真祖的一頭眷獸。到時它們就只能直接吞噬構成魔力源頭的力量了。憤怒、嫉妒、憎恨、慾望、悲嘆、執著等強烈負面情緒的聚合體——」

「記憶是嗎……」

古城發出嘆息般的聲音。齊伊點頭附和。

「沒錯。吞噬他人記憶，藉此彌補不足的魔力。那就是用來讓世界最強吸血鬼覺醒的儀式魔法——『焰光之宴』的原理。」

「那麼，『吸血王』把所有真祖聚集到這座島上的理由是……」

雪菜有所警覺地低聲驚呼。

「為了把第四真祖（我）逼到絕境，強行引發『焰光之宴』嗎……」

古城用壓抑憤怒的平淡語氣嘀咕。

將第四真祖的存在拱為恐怖的象徵——

「吸血王」說過，那就是領主選鬥的目的。

倘若如此，他必然會希望「焰光之宴」再現。

第四真祖毀滅屬於自身領地的絃神島以後，其惡名將永世不渝。

而且，靠「宴席」提升力量的古城若能打倒齊伊和其他真祖，也就有機會證實世界最強吸血鬼的評價才對。

「吸血王」所求的結局正是如此，隱藏在領主選鬥這場荒謬騷動背後的真相。

「我要怎麼做才能阻止那個傢伙……？」

古城仰望著齊伊問，高大的第一真祖看似傻眼地嘆氣說：

「早叫你用用腦袋了。基本上，你那些眷獸想要魔力的理由是什麼？」

「呃，為了彌補數量不足的眷獸……」

古城把說到一半的話吞了回去。

意識染上絕望與憤怒。有方法可以阻止「宴席」。然而，古城不認同。他絕不能容忍那樣的做法。

「你發現了嗎？」

齊伊・朱蘭巴拉達用同情般的眼神看向古城。

「只要你吸納第十二號眷獸，成為完整的第四真祖，『宴席』就會結束。吞噬第十二號Dodekatos取得最後的眷獸，或者將島上所有人的記憶連根奪取以獲得力量——要怎麼選隨你高興。」

「我……」

古城無意義地嘴脣顫抖。

吸納第十二號眷獸，意思就是要解除僅存的第十二號「焰光夜伯」——奧蘿菈的封印。

只為封印第四真祖眷獸而製造出來的她，一旦封印解開就會消滅。

然而，除此之外沒有方法能阻止「焰光之宴」。

「我現在過來只是為了轉告這件事。假如你得到了力量，下次再來慢慢玩吧。」

掰啦——齊伊信手一揮，全身就被黑霧包覆了。

宛如溶入黑暗中，他的身影淡化消失。

「慢著……」

古城差點伸手攔下齊伊，卻無話可說地徒然握緊拳頭。

該問他的、該告訴他的話已經一句都不剩了。因為那個男的既非古城的老師，亦非朋友。他單純是來說明規則，為了讓名為領主選鬥的遊戲（比賽）更加熱絡才給予指點。那就是他今晚扮演的角色。

「學長……」

古城帶著苦惱的表情呆立不動，雪菜則怯生生地朝他喚道。

可是古城連那都沒發現，蹣跚而漫無目標地走了起來。他被折斷的行道樹絆倒，跪在現場縮成一團。

「唔噢噢噢噢噢噢噢噢噢噢噢噢！」

古城捶向眼前的地面，然後朝天空大吼。

而雪菜只是哀傷似的望著他的背影。

第三章 她們的決斷

Decisions

1

來接羽波唯里的人，是個身穿晚禮服的修長男子。

面容深邃、黑髮黑眼的異邦人，美如畫的青年。

「小姐，餐點已經準備好了。」

「啊……謝、謝謝你……」

在豪華沙發上縮著身體的唯里用緊繃笑容低頭答謝。

唯里她們所在之處，是緊鄰絃神中央機場的高級飯店客房。「破滅王朝」包下這一整棟飯店，當成自己的據點。

為了讓志緒和奧蘿菈脫逃，充當誘餌的唯里和葛蓮妲是在今天早上跟第二真祖交手的。實際上與其稱作交手，說她們用全心在逃離第二真祖的大群眷獸會比較接近真相。

結果，被逼到岸壁的唯里她們舉手投降，直接被帶到了這棟建築物。接著就遭到軟禁，乃至此刻。

然而意外的是，唯里她們得到的待遇倒沒有想像中壞。

智慧型手機與武器免不了都被沒收，與外界的聯繫也被禁止，但是就這樣而已。

唯里和葛蓮妲並沒有遭到拆散，別說拷問，對方就連審問或搜身都不做。甚至有高明的咒術醫師來幫唯里治療扭傷，除扭傷外還順便治了肩痛及受損的膚質，可謂服務周到。對具備常識的唯里而言，被優待到這種地步，反而會擔心是不是有內幕。

「吃飯？唯里，吃飯？」

葛蓮妲變回了少女型態，正開心似的蹦來蹦去，一邊纏著唯里玩鬧。

她穿的是無袖洋裝。肩帶與背後有暗釦構造，即使變身為龍也不會撐破的好設計。那是唯里和志緒特別為了葛蓮妲訂做的款式。

「小姐，請讓我為兩位領路。這邊請。」

「啊，好的……麻、麻煩你了。」

唯里對不習慣的千金待遇感到困惑，帶著葛蓮妲跟到晚禮服青年身後。高級飯店的長廊就像通往處刑台的階梯一樣，令她心情沉重。

這時段以晚餐而言嫌晚了點，不過那是人類的觀感，在夜行性的吸血鬼看來，或許會覺得接下來才是一日之始。無論如何，對身為階下囚的唯里她們來講，並沒有拒絕的選項。

「唔哇……」

抵達晚餐的會場以後，唯里忍不住驚嘆。

豪華家具，還有在黑暗中搖晃的無數蠟燭。夜景優美的頂樓餐廳裡被裝飾得好似宮殿般絢爛。

然而，更讓唯里受到動搖的是第二真祖麾下負責伺候的班底。

尋常藝人根本比不上的一群美男子；身穿暴露服裝的眾多絕世美女；還有古樸的老紳士們。第二真祖艾索德古爾·亞吉茲讓他們在旁侍候，自己則悠然坐於宛如王位的富麗椅子。亮麗脫俗的空間簡直就像歌劇舞台，唯里被震懾得連聲音都發不出。

「妳的傷勢……如何？」

第二真祖優雅地微笑，一邊問了唯里。

「是……是的，已經不要緊了。」

唯里在美形侍者的引導下坐到第二真祖面前，表情僵硬地這麼回話。在餐桌上，已經準備了用銀色餐蓋(Cloche)罩著的菜餚。

第二真祖揚起紅唇笑了笑。

「是嗎？那太好了……喲……之前不小心就用粗暴的方式對待妳們……呢。」

「呃……不會……畢竟擅闖領地的是我們……」

「呵呵，在冷掉前先用餐吧……因為是這個國家的食物，我想會合妳們胃口……喲。」

「啊，好的……」

唯里心不在焉地回話。自己不過是新入行的一介攻魔師，為何會落到跟吸血鬼真祖面對面用餐的處境？她再怎麼想也想不通。

侍者掀開蓋著菜餚的餐蓋。

剎那間，熟悉的刺激性香味衝進唯里的鼻子。葛蓮妲臉色一亮，叫了聲：妲！因為擺在那裡的，是她最愛的菜色。

「在我的王朝，也有和這種日式食物酷似的料理……喔……我們稱之為咖哩……喲。」

「原、原來……是這樣啊……」

唯里掩飾動搖點了頭。盛在盤子上的是咖哩飯，而且並非高級店家端出來的那種道地貨色，顯然就是市面賣的咖哩調理包。

「咖哩～～！」

葛蓮妲握著純銀製湯匙，滿臉開心地勺起咖哩。猛一看，第二真祖也舀了跟唯里她們完全一樣的咖哩送進口中，還露出滿意似的表情。唯里一點也不懂高貴吸血鬼的想法。

「第二真祖……請問……我能不能發問呢？」

艾索德毫不保留地狂灑用來調節辣度的特製辛香料，唯里則怯生生地朝她問了一句。

「妳想知道什麼……？」

艾索德微微偏頭反問。

唯里略顯緊張地吸氣說：

「請問妳是正牌的瞳王（Malik）——『滅絕之瞳』嗎？呃，我會這麼問是因為，之前都聽說妳是男性……」

「男……或女……那種瑣碎的細節……有必要講究……嗎？」

看似少女的第二真祖撥了撥紫色長髮，還用納悶的表情看向唯里。

「……咦？……是……是啊……」

唯里對意料外的回答感到動搖，卻也深深信服了。表示第二真祖艾索德古爾・亞吉茲就是這樣的吸血鬼（人）。

「月有月之美……花有花之美……而寶石……則有寶石之美。那不就好了……嗎？只能認同其中一種美，可是愚人所為……喲。」

「說、說得是呢……」

這話由其他人講也就罷了，讓第二真祖來說便讓人心服口服。畢竟他或她，實際上就有一副超越性別的美貌。

然而，艾索德冷冷地瞇細優美的雙眸說：

「因此在我可見的範圍內，不美的事物沒必要存在……喲。無論是毫無半點美學意識的戰王眷屬，或者帶有野獸臭味的皇女血族……」

「唔……！」

真祖無自覺發出的殺氣讓唯里僵住了表情。

而艾索德望著唯里溫柔地微笑了。

「不過，我對當代的第四真祖稍微抱有期待……喔……至少，他選擇伴侶的品味似乎還不錯……呢。」

「伴侶……咦，等等！妳是說我們嗎？」

唯里指了自己胸口表示出困惑。

艾索德則像是看透了一切，妖豔地點頭。

「妳們倆，都曾接受第四真祖的吻……對吧？」

「呃……那個……」

是的——唯里小聲說道。唯里和葛蓮妲各自被古城吸過一大口的血。當中有許多不得已的隱情，好比絃神島危機，好比異境侵蝕。

「妳們運氣不錯……呢……正好趕上『宴席』……」

「宴席……？」

艾索德愉悅似的望著羞恥的唯里，嘀咕了一句。

「……妲？」

唯里和葛蓮妲望向彼此的臉。她們對那個詞沒有頭緒。

「『焰光之宴』……就是由第四真祖搾取記憶，並且引發假性吸血鬼化症候群的大規模感染（Outbreak）……喲。」

「搾取……記憶……？」

艾索德的平淡說明讓唯里差點弄掉湯匙。

唯里曾透過曉古城的相關資料，對名為「焰光之宴」的事件有所了解。

然而具體的事件內容，唯里也不得而知。獅子王機關保存的紀錄本身就含糊不清了，事件的真面目為假性吸血鬼化症候群，她更是首次耳聞。

能讓魔族數量在一夜之間劇增的假性吸血鬼化症候群，乃是獅子王機關最為戒懼的魔導災害之一。可是正常來講，那不可能是區區一名吸血鬼就能引發的災害。沒錯，倘若感染源為普通吸血鬼——

「古城他……怎麼會引發那種事……？」

「第十二號奧蘿菈。」

艾索德用淡然的口氣告訴唯里。

唯里愣然地睜大眼睛。因為帶著「第十二號」——奧蘿菈．弗洛雷斯緹納到這座島上的不是別人，正是唯里她們。

「目前的第四真祖尚缺第十二號眷獸……呢……那個缺口，非得找東西彌補……比方說，足以匹敵真祖眷獸的龐大魔力……喲。」

「那……有方法可以阻止嗎？」

唯里用發抖的聲音問。

艾索德豔麗地微笑，並且試探似的朝唯里望過來。

「有方法……喔……非常簡單。解開第十二號的封印就沒問題了……喲。」

「怎麼可以……！如果那樣做，奧蘿菈就……」

「做選擇的人是妳……喲。」

艾索德冷冷地用含笑的嗓音予以撇清。

「要我選擇拯救紘神島的人們還是幫助奧蘿菈……是這個意思嗎？」

唯里用失去血色的臉瞪了艾索德。

紫頭髮的第二真祖靜靜搖頭。

「不……要讓第四真祖殺第十二號，還是由妳來殺第十二號……妳會怎麼選……呢？」

「由我……？殺奧蘿菈……？」

唯里茫然地望了自己手邊。

「第十二號一旦逃出我的領地到了第四真祖身邊，她的封印早晚都會解開……喔。」

「要趕在那之前……殺了那女孩……」

「由我吞了她倒也可以……不過那就沒意思了……呢。」

艾索德從脣縫間露出了白色獠牙。

唯里什麼話都不答。而葛蓮妲不安似的抬頭看向唯里。

「小姐，請容我將代為保管的這項物品奉還。」

擔任第二真祖隨從的美青年遞了東西到唯里面前。

收納在樂器盒裡的銀色長劍。

「改良型六式降魔劍……」

唯里仍感到強烈混亂，就機械性地收下了。

接著，隨從把唯里的手機擺到桌上。

原本在第二真祖領地應該無法使用的手機畫面上顯示了絃神市內的地圖。地圖上有兩個亮點，一個是唯里的所在處，另一個則是志緒的位置資訊。

而且志緒的身旁恐怕有奧蘿菈在。

「唯里……？」

葛蓮妲朝緊咬嘴脣的唯里喚了一聲。

唯里無意識地從她面前轉開目光。葛蓮妲的純真眼睛看了令人難受。

「這是一頓很棒的飯局……喔……咖哩果然只能吃辣的……呢。」

第二真祖用完餐，滿意似的微笑。

唯里則是保持沉默，凝望著地圖上閃爍的亮點。

2

「好慢！你們倆以為現在幾點了！」

古城他們回到研究所以後，就發現忿然而立的雫梨正青筋暴跳地等著他們。在制服上面披了外套的她佩著劍，儼然已經進入備戰模式。或許雫梨是察覺到古城先前跟巨人族的戰鬥，才急忙做了準備。

「……原來妳還沒睡啊，卡思子。」

「有你那麼張揚地散發魔力，誰能睡得安穩……！」

雫梨用怪罪般的眼神瞪向古城，一臉在聽到詳情以前擺明不會善罷干休的表情。古城只好放棄回房間，改往研究所內的休息室而去。

夏音也在休息室，她正在幫古城等人準備茶。桌上有妮娜·亞迪拉德身穿換裝人偶的白袍，還有金色眼睛的黑貓坐著。

「你們倆有雅興在夜裡出去散步，臉色卻相當糟糕呢。」

黑貓抬頭看了古城等人，並且用挖苦似的語氣予以點破。

「師尊大人？」

「喵咪老師……原來妳也在啊。」

突然出現的師父讓雪菜神色緊繃，古城則慵懶地聳了聳肩。黑貓的真面目，是身為雪菜師父的長命種攻魔師，緣堂緣的使役魔。先前沒有看見她的蹤影，不知道都在忙些什麼？想起這一點的古城感到有些疑問。

「大哥……去散步了？」

在這種時間嗎？夏音拿著茶壺在茶杯上頭倒著茶，還納悶似的問道。

呵呵——妮娜看似愉快地揚起嘴角說：

「八成是去看星星了吧？『瞧，那是大角星、角宿一、五帝座一。』『哇，好美。』『美的是妳啦。』『學長，你好討厭。』就像這樣東聊西聊。」

「……哪來的冷場對白啊？」

古城板起臉反問。語帶責備的問題暗指：妳是從哪裡冒出那種妄想的？妮娜卻莫名得意地挺胸回答：

「之前從電視影集裡看到的。妾身可是站在時代的尖端。」

「好棒喔，院長大人。」

夏音在胸前雙手合十，亮起了眼睛。是吧是吧？妮娜兀自點頭。她們倆講話都是認真的，因此才難以應付。

沒人吐槽是如此恐怖，使得古城無力地邊嘆氣邊說：

「才不是妳講的那樣。我只是去跟第一真祖見個面而已。」

「第……！」

雫梨把含在嘴裡的茶噴了出來，連話都說不了。

「我懂了。原來是這麼回事。」

黑貓沉重地吐氣，而雫梨就逼問緣：

「什、什麼意思……」

「我是指第四真祖小弟會有異常吸血衝動的原因。正好，你們倆都跟我來。」

黑貓爬起身，從工作桌輕靈地跳下來。

古城和雪菜感到困惑，一邊跟到她後頭。

看來緣似乎光從古城和第一真祖接觸的情報，就察覺「焔光之宴」再起的可能性了。她的那句「正好」，讓古城和雪菜感到疑惑。

緣仍舊什麼都不說明便穿過昏暗的走廊，朝研究所深處走去。

以前古城等人也來過，這裡是對受驗者進行治療及檢查的區塊。替模造天使化症狀加劇的雪菜做檢查就是在這地方。

「師尊大人？請問現在要去哪裡……？」

雪菜用提防似的語氣問道，黑貓卻頭也不回地繼續走。雫梨彷彿理所當然地想跟著過去，但是半路上被緣一瞪，就沮喪地離去了。

不久黑貓停在走廊途中的某道門前面。燈光熄滅的小房間。

「這裡是……病房？」

雪菜仰望掛在門上的名牌，嘀咕了一句。

黑貓默默地搖了搖尾巴示意。那似乎是要叫他們開門。

「誰待在這種地方啊？」

古城懷著不安將門打開。

醫院特有的消毒水氣味飄散過來。

被夜燈點亮的昏暗病房。代替窗口的大型螢幕上映著熱帶魚在水槽裡游的影像。

以那幕影像為背景，有個坐在輪椅上的年輕女子出來迎接古城等人。

儘管臉在逆光的環境看不清楚，但對方的年紀恐怕跟古城他們相差無幾。然而她全身裹著繃帶，還打了石膏固定脖子的模樣，光看就悽慘得令人痛心。

「好久不見呢，第四真祖。姬柊雪菜也是，擔任監視者之職，辛勞妳了。」

她擺了擺點滴管線抬起視線，然後用空靈的嗓音這麼說道。

「這聲音……！妳是在我們跟那月美眉交手時出現的……」

「閑古詠……大人……？」

古城反射性地擺出架勢，雪菜則連忙端正姿勢。

「無須拘謹。現在乃非常時期……何況我本身也成了這副模樣。」

坐輪椅的女子——閑古詠自嘲似的吐氣。

古城有一陣子說不出話，只是凝視著她慘痛的模樣。

獅子王機關「三聖」之首，「寂靜破除者（Paper Noise）」閑古詠——

古城跟她只有交手過一次。

精確來說，那次稱不上戰鬥。即使有古城和雪菜，以及太史局的妃崎霧葉三人合力，還是連古詠都碰不到就被瞬間驅散了。

然而，如今閑古詠卻身負重傷，藏匿於這間研究所。有人破了古詠那被視為無敵的能力，讓她受了傷。

「妳是被末日教團打傷的嗎？」

古城用沙啞的聲音問。閑古詠只靠目光表露了點頭的動靜。

「是我不智，誤判了敵方的實力。沒想到龍族居然會出手幫助『吸血王』——」

「龍族……那傢伙嗎……！」

古城想起昨晚交手過的面具男子身影。被赤銅色鱗片所覆的巨龍。要對付那頭巨大的怪物，即使她會落敗也不足為奇。

「你們也遇上了，對不對？」

閑古詠用平緩的語氣說道。古城帶著險惡臉色頷首。

「那傢伙直接吃了我的眷獸攻擊，也還是一臉沒事的樣子。」

「因為龍族是與吸血鬼在不同層面上君臨於魔族頂點的存在，尤其是活了幾千年的古龍，論單獨戰鬥的能力，或許還凌駕在吸血鬼真祖之上——」

「為了警告這件事，妳才叫我們來的嗎？」

「不。我非得轉告的，恐怕是對目前的你們來說最為重要的一件事，雖然不知道那是否算好消息。」

古詠語帶嘆息地告訴兩人。古城和雪菜有了不好的預感，並且看向彼此的臉。

「這話是什麼意思？」

「第十二號的奧蘿菈已經來到絃神島了。」

「什……！」

雪菜微微發出驚呼。古城一臉難以置信地搖頭問：

「那傢伙怎麼會……？」

「原本保持昏睡狀態的她是在ＭＡＲ的醫療設施受人保護，你們曉得這件事吧？」

「是、是啊。」

「曉深森把醒來的她帶走，然後託付給獅子王機關的攻魔師了。」

閑古詠淡然地繼續說明。唔——古城低聲咕噥。

「……把她帶走？沒有知會公司就放走奧蘿菈嗎？」

「我不清楚曉深森有何目的。」

閑古詠在輪椅上低垂目光。

「不過，ＭＡＲ以企業的立場參與了領主選鬥的營運，所以她對領主選鬥說不定會成為『焰光之宴』導火線這一點或許是知情的。」

「難道是為了讓我吞噬奧蘿菈，才把那傢伙帶出來……？」

古城怒氣畢露地上前逼問。而閑古詠則是冷冷地回望古城。

「並非為了你，而是為了第四真祖才對。」

古城聽她這麼說，沉默下來。深森並不知道第四真祖的真面目就是古城。

「可是……到頭來，還不都一樣！」

「您剛才說，她將奧蘿菈託付給獅子王機關的攻魔師了，對不對？」

雪菜安撫似的打斷激動開口的古城，硬是提出問題。

「除了我們以外，還有其他人來到絃神島了嗎？」

是的——閑古詠爽快承認。

「羽波唯里與斐川志緒似乎利用放假到了蔚藍樂土。」

「蔚藍樂土……？這樣啊……她們倆是來見葛蓮妲的嗎……！」

克制住焦躁的古城嘀咕了一句。

葛蓮妲在這個時代醒來後第一個遇見的人就是唯里，因此跟她格外親暱。而唯里和志緒為了葛蓮妲來到「魔族特區」，肯定就被領主選鬥波及了。

「那麼，奧蘿菈目前是跟唯里同學她們在一起嗎？」

雪菜的聲音裡交雜放心之色。雖然這對假期泡湯的唯里等人而言是件不幸的事，但己方多了可靠的人手，對現在的古城他們來說倒是謝天謝地。

閑古詠和待在她腿上的黑貓卻吐出沉重的氣息。

「那就是把妳叫來這裡的理由，姬柊雪菜。」

古詠看似下定決心地靜靜開口。

「今天早上，羽波唯里一行人在登陸人工島東區之後，隨即遭受第二真祖『滅絕之瞳』的襲擊。」

「第二真祖……！」

雪菜驚愕地睜大眼睛。閑古詠不等她從震驚中恢復，又繼續說：

「羽波唯里和她帶著的龍族少女消息不明。可以想見是被『破滅王朝』軍方捉拿了。」

「被抓的，只有兩個人嗎……？」

古城冷靜地做確認。唯里和葛蓮妲消息不明，似乎也可以解讀為另外兩人平安無事。而且「寂靜破除者」並沒有否定古城所說的話。

「目前斐川志緒和奧蘿菈·弗洛雷斯緹納還在人工島東區逃亡。她們現在仍平安，但是要獨力逃出『破滅王朝』的包圍網應該有困難。」

「我明白了。現在去救她們就行了吧？」

古城刻不容緩地說。而雪菜連忙制止。

「不可以，學長。」

「為什麼啦！」

「先冷靜下來，第四真祖小弟。雪菜說得沒錯。」

閑古詠抱在腿上的黑貓加重語氣勸古城。

「連喵咪老師都這麼說……所以，到底為什麼……？」

「憑你現在這種將近崩潰的身體狀況，想跟第二真祖鬥？那些眷獸會在轉眼間失控，然後縱情擺下『宴席』喔。」

「這……！」

古城為之語塞，並且懊惱地握緊拳頭。

光是真祖們在同一座島上齊聚，古城的那些眷獸就已進入備戰態勢。在這種情況下，若是跟第二真祖實際開戰，應該就會如緣所說的立刻爆發失控。甦醒的奧蘿菈陷入危機，古城卻連趕去救她都沒有辦法。

「不要緊。」

好似要替焦急的古城打氣，雪菜毅然地斷言。

「姬柊？」

「由我去接奧蘿菈。師尊大人，您是這個意思吧？」

雪菜望著黑貓問。緣似乎糾結地遲疑了一瞬，才厭煩地點頭。

「欸，等等。再怎麼說，光靠姬柊一個人……」

「不，我去才方便。這樣入侵東區既不會被第二真祖察覺，也省得擔心學長失控。」

雪菜斷然否定古城的憂心。

「要擔心的頂多只有被留下來的你會不會去拈花惹草而已呢。」

黑貓不負責任地開了個小玩笑，古城便撇嘴表示：要妳管。

「無須為姬柊雪菜操心，第四真祖。阻止『焰光之宴』這種大規模的魔導災害，是在獅子王機關擔任劍巫的第一要務。」

閑古詠用讓人摸不透心思的官腔口吻告訴古城。

「可是……！」

「再說，你忘了嗎？她的七式突擊降魔機槍（Schneewalzer）在獅子王機關屬於祕藏兵器——是連吸血鬼真祖都能誅滅的破魔之槍喔。」

古城瞪著露出挑釁神情的獅子王機關「三聖」，深深地嘆了氣。

閑古詠言下之意，形同若有必要，她就會命令雪菜誅討第二真祖。

如此下命令未免太魯莽，但除了持有「雪霞狼」的雪菜以外，無人能實行也是事實。有可能拯救志緒和奧蘿菈的人，就只有雪菜而已。

「我懂了……麻煩妳，姬柊。」

古城用流露出憾恨的語氣說道。

「是的，請交給我吧。斐川學姊的所在地找出來了嗎？」

雪菜用力點了頭，然後又重新面對黑貓。

受領主選門影響，雪菜等人無法利用志緒手機發出的位置資訊。話雖如此，逃亡中的志緒她們要將下落轉達給雪菜這邊得知也有困難。

剩下的手段，就是透過咒術進行遙視或派出大量式神搜索，但這一類的複雜咒術屬於雪菜不擅長的領域。雪菜到底是專精於跟魔族肉搏的劍巫。

「關於這一點，妳用不著擔心。只要抵達人工島東區，就有某個人會為妳帶路。」

閑古詠這話彷彿閃爍其詞。與其說她在賣關子，倒不如說有種羞於將該人姓名講明的味道。緣和古詠能掌握志緒的動向，恐怕也是靠該名人物提供的情報。

接著閑古詠將輪椅稍稍推向前，跟站直的雪菜牽起右手。

「……閑大人？」

雪菜訝異地反問一聲。位居獅子王機關「三聖」之首的負傷女子就這麼牽著雪菜的手，像在祈禱一樣閉了眼睛。

「姬柊雪菜，請妳不要忘記。未來並非望之能及，而是開闢出來的，靠自己的手。」

「好、好的。」

雪菜對俗套的打氣之語感到疑惑，仍神色緊張地深深點頭。不久古詠便緩緩放手，雪菜則對她行了禮。

「姬柊。」

雪菜為了前往救志緒等人而準備離開病房，古城無意識地叫住她。

因為古城從雪菜綳緊的臉感覺到跟她平時有幾分差異的危險跡象。

「我走了。學長……對不起。」

回頭的雪菜生硬地微笑，然後逃也似的拔腿離去。

古城沒理由地感到不安，並目送她的背影。

3

「她說……對不起，那是什麼意思啊？」

被留在病房的古城想起雪菜臨走前所說的話，把頭歪一邊。難不成雪菜是在介意留下他，自己跑去跟奧蘿菈見面嗎？古城感到疑問。

「是我窩囊。結果，我把要緊的決斷推卸給她了。」

坐輪椅的閑古詠自言自語似的嘀咕了一句。

黑貓則待在她腿上，頗有人味地搖頭。

「哎，慨嘆這些也沒用。我們得盡我們的力才行。」

「獅子王機關不是無法干預領主選鬥嗎？」

古城想起了緣之前談到的一席話，便納悶地反問回去。

日本政府對於絃神島的混亂仍貫徹不予干涉的立場。因此，隸屬政府特務機構的獅子王機關也沒辦法派新的戰力到絃神島上。

「是啊，假如所謂的領主選鬥真的是僅限於絃神島上的爭鬥。」

緣用意有所指的語氣說道。

「這話是什麼意思？」

古城進一步追問。這個嘛——黑貓好似笑著瞇細眼睛說：

「那個叫『吸血王』的有何目的，大致上都釐清了。那廝身為第四真祖的試造品，聲稱要將第四真祖拱為恐怖的象徵——荒謬歸荒謬，道理倒是說得通。哎，無聊到發慌的其他真祖會趁亂來鬧事也是可以理解。對吧？」

「是啊。」

「然而身為企業的MAR又如何？那幫人是出資者，也投資了大筆金錢建設絃神島。『焰光之宴』就是場災害罷了，我不認為那幫人能從中獲得滿意的回報。我可有說錯？」

「表示MAR……懷有跟『吸血王』不同的目的嗎？」

緣出乎意料地點破，讓古城連眼睛都忘了眨就陷入沉思。

「在目前階段，這只是毫無根據的臆測。不過，感覺有一查的價值吧？」

黑貓愉悅似的從喉嚨發出聲響。閑古詠則接過緣的話，冷靜地繼續說：

「既然有多國籍企業ＭＡＲ在領主選鬥背後操弄，其行為明顯侵害了日本政府認同絃神島擁有的自治權。獅子王機關既為專門對付魔導恐攻的組織，要採取行動已是有憑有據。」

「就是這麼回事。你別抱太高的期待，靜候其變吧。」

黑貓在古詠腿上閉起眼睛。接著當牠睜開眼睛時，緣的使役魔已變回普通黑貓了。緣切斷了與使役魔之間的聯繫。

而且大概是緣離去讓閑古詠放鬆了緊張，她的身體忽然癱向一邊。

「妳不要緊吧……是不是找人過來比較好……」

古城趕到她身邊扶了一把。

閑古詠目前的傷勢恐怕重得必須絕對靜養。即使如此，為了轉達奧蘿菈的情報，她大概就硬撐著跟古城等人會面了。

「對不起，我要睡一會。」

閑古詠說完，在輪椅上直接閉起眼睛。

醫護人員們聽見呼叫鈴的聲音，急忙趕到病房。

「曉古城，請你別忘記。」

古城出於體恤打算離開病房，閑古詠便氣若游絲地叫住他。

「對雪菜下命令的是我。所以，今後她的安危，就要拜託……」

她沒能把話說到最後就力竭似的入眠了。

依舊困惑的古城被趕出病房，然後杵在昏暗的走廊上嘆了氣。

日期似乎在不知不覺中變了。從古城等人回到絃神島後，即將經過四十八小時。領主選鬥第五天的早晨就要來到。

儘管古城對拖長的領主選鬥感到焦躁，此刻的他卻什麼都做不到。

為之心煩的古城走在廊上，就看見夏音從休息室趕來的身影。平時溫和的她臉上難得露出一絲焦慮。

「叶瀨？」

「大哥！請問，你有沒有看見雫梨同學？」

夏音把妮娜捧在胸前，求助似的朝古城問道。

「呃，我沒看見……卡思子怎麼了嗎？」

被古城一問，夏音頓時猶豫似的咬住嘴脣。

「她不見了。」

「不見了？」

古城回望走廊蹙了眉。

這麼說來，研究所裡格外安靜。換成平時，雫梨應該會等古城和閑古詠見面談完，然後搶先找他問東問西才對。

「難道說，她跑去追姬柊了？」

古城板起臉說道。不忍看雪菜隻身前往第二真祖的領地就硬要同行，某方面來講，倒也像是雫梨的作風。

「我不清楚……可是，雫梨同學在不見之前，曾經來問過到基石之門的路要怎麼走，讓我有點在意。」

「基石之門……？」

夏音的意外證詞讓古城偏過頭。

剛搬來絃神島的雫梨人生地不熟，所以她要去基石之門會找人問路並沒有不可思議之處。問題是，為什麼雫梨會在這個時間點提出那樣的問題。

「其他呢？叶瀨，那傢伙有沒有提到別的事？」

「其他……要說的話……啊……！」

夏音似乎心裡有數便倒抽一口氣，看了坐在自己手臂上的妮娜。

嗯——妮娜朝夏音點頭回話：

「趁今晚讓領主選鬥結束，宴席就不會發生了——那丫頭是有這麼說過。」

妮娜撇過身，口氣高傲地斷言。看來她似乎在模仿雫梨，意外地還挺像的。

「那傢伙怎麼會曉得『宴席』的事啊？」

古城全身失去血色。雫梨一旦得知古城也許會引發「焰光之宴」，就算或多或少逞強，也會設法阻止才對。

「那傢伙該不會聽了我和齊伊．朱蘭巴拉達的對話……所以才……！」

跟雪菜察覺古城的眷獸失控而衝到外頭一樣，或許那時候雫梨也在研究所外聽著古城和齊伊對話。

可是，雫梨卻對古城等人瞞著這件事。

萬一她是刻意佯裝不知情，目的恐怕在於——

「大哥……？」

夏音用擔心似的目光看向臉色發青的古城。

古城則急得出手捶了牆壁。

「得阻止卡思子才行……那傢伙打算一個人打倒『吸血王』！」

「呼嗯……魯莽之舉吶。」

妮娜難免面有難色，夏音也無話可說。

古城粗魯地吐了氣說：

「妮娜，不好意思，麻煩妳照顧叶瀨和亞絲塔露蒂。」

「你打算去哪裡？」

「把卡思子帶回來啦！」

交代完以後，古城就邁著大步離去。

得知雫梨要去基石之門，可以當成是幸運的了。只要動用吸血鬼的全副體能，或許趁現在還可以把她帶回來。

問題在於，古城的眷獸是否能安分到那個時候。

「憑你現在的身體？」

妮娜似乎看穿了古城的擔憂，便從他背後出聲搭話。夏音碎步追上離開研究所到外頭的古城。

「不帶她回來就無濟於事了吧！」

古城不領情地轉頭朝背後回嘴。

然而，妮娜平靜地接納古城的反駁——

「呼嗯。那碼歸那碼，似乎有怪東西在飛吶。」

說完她便一臉不在乎地望向頭上。

「……啥？」

古城也跟著抬起臉。

從古城先前打穿的天花板可以窺見黎明前的天空。星光消失得僅剩幾許的灰色天空。而近似蜜蜂振翅聲的刺耳噪音正從天空另一端傳來。那是飛機渦輪軸引擎的排氣聲。

「搞什麼？那是直升機……？」

從紘神島上空飛過的機影讓古城忐忑地瞇細眼睛。

直昇機有五架。古城等人在前天早上遇過那種隸屬於ＭＡＲ的大型直升機。

奇妙的是，那五架直升機不停地急速調頭與俯衝，正在互相纏鬥。機體周圍不時還迸出耀眼火花。那是機關槍開火發出的槍焰（Muzzle Flash）。

「難道同屬ＭＡＲ陣營的直升機在空戰？」

預料外的景象勾住了古城的目光。

精確來說，與其稱為空戰，那更接近於單方面的追擊。有一架直升機想逃，剩下四架就到處追趕灑下槍林彈雨。

被追的那一架也應戰，雙方卻有懸殊的火力差距。面對靠數量優勢侵襲的追殺方，逃亡者的機體並無剩餘彈藥。

再這樣下去會被凌遲至死吧——當古城憂心的瞬間，從逃亡者的機體射出了一道銀光。

散發驚人巨響飛射而去的那道光芒，在空中描繪出巨大魔法陣。

魔法陣催發出瘴氣。能破壞電子儀器，讓人們陷入混亂的詛咒之霧。古城認得那種攻擊的真面目。

「那道魔法陣……！是煌坂嗎？」

逃亡者的直升機內可以看見舉起銀弓的少女。ＭＡＲ派出直升機部隊追殺的人，是獅子王機關的舞威媛，煌坂紗矢華。

「妮娜！」

「嗯。夏音，妳把眼睛閉上片刻。」

被夏音用手臂抱著的妮娜在一瞬間似乎就明白了古城的用意。

有兩架直升機被紗矢華的咒術砲擊波及，已放棄追擊並且脫離了。然而剩下的兩架依然對紗矢華搭乘的直升機緊追不捨。

而妮娜用指頭比成手槍，指向追殺方的直升機。

她慎重地瞄準，下個瞬間，驚人豪光就從她的指尖釋放而出。

應用鍊金術的重金屬粒子砲。荷電粒子光束的砲擊。

被荷電粒子砲彈以亞光速射穿，有一架追殺方的直升機失速了。妮娜又接著發出砲擊，將另一架也擊墜。

「剛才那樣未免太過火了吧……？」

古城望著噴出火焰下墜的直升機，怪罪似的對妮娜唸了一句。

「妾身可不想被你這大量破壞的化身說吶。」

妮娜表情從容地回嘴。

「別擔心，射穿的只有動力裝置。那種機體就算發電機停了，聽說還是可以靠『旋翼自旋』安全迫降。」

「虧妳連這種事情都曉得喔。」

「妾身在有線電視的海外影集看過。」

「……哎，算了。」

妮娜展露出意外的知識，差點感到尊敬的古城在嘀咕之後就改換心情似的聳了聳肩。無論如何，成功擊退了追殺方的直升機這一點是不變的。

「總之，這樣煌坂她們也就安全了吧。」

古城仰望紗矢華搭的直升機，放心地鬆了口氣。

「啊……」

就在隨後，夏音驚叫出聲。

紗矢華搭乘的直升機忽然冒出黑煙，失速般搖搖晃晃地逐漸讓高度下降。她的機體承受追兵猛攻，早就撐到了極限。

直升機留下「砰」的轟轟爆炸聲，從古城等人眼前消失了蹤影。

「墜機了耶。」

妮娜用毫無情感的嗓音嘀咕了一句。

4

穿過樓層構造複雜的人工島北區地下街，就能看見基石之門。有如將巨大楔子插入地面，呈倒金字塔型的建築物。將東西南北四座人工島連接在一起，名副其實的基石(Keystone)。那就是這座奇妙建築物的真面目。

十二層樓高的地面建築為絃神島上最高的建築物，形成了將政府廳舍、飯店、小賣店及餐飲店融合在一塊的複合商業設施。

然而具未來感的建築物外牆上卻冒出了彷彿被隱形斧頭劈開來的巨大裂痕。

領主選鬥揭幕之際，「吸血王」為了證明自己是真正的第四真祖，就用了劍之眷獸將其破壞。與此同時，那也有宣示這座基石之門就是自身居城的含意。換句話說，「吸血王」目前恐怕仍在這裡。

「啊，找到了找到了，雫雫她在。喂～～雫雫！」

在通往基石之門的聯絡橋前面站了個長著尖尖獸耳的嬌小少女。她晃著栗色捲髮朝雫梨親暱地揮手。

站在她旁邊的，則是個相貌端正有如模範生的少年。從他揹著的釣竿盒（Rod）裡露出了突擊步槍的槍托（Stock）。

「優乃同學，琉威同學，謝謝你們來。對不起，這次難為你們了。」

雫梨朝以往恩萊島「攻魔專校」香菅谷班的伙伴——天瀨優乃和宮住琉威低頭行禮。

當然，雫梨並不認為單槍匹馬闖進基石之門就能打倒「吸血王」。話雖如此，她也想不到哪裡有好事之徒肯陪她進行這種魯莽的作戰，除了她最能信任的這些朋友以外。

「既然是班長下令，多少要知難而上啦。」

立刻開始準備武器的琉威答道。優乃也把附有金屬裝甲的手套戴到手上，還擺了擺毛茸茸的耳朵說：

「為了城城，我們要速戰速決地打退『吸血王』，讓領主選鬥結束對吧？」

「是、是啊……從用意上來講是那樣沒錯。」

優乃的態度乾脆得令人傻眼，反而讓雫梨遲疑了。口氣輕鬆得像是去附近超商買東西一樣。

「就算沒有打倒『吸血王』，只要制壓他們占據的人工島管理公社電腦，領主選鬥應該就會結束了。」

琉威仰望一片寂靜的基石之門嘀咕。

就近仰望，倒金字塔型建築物遠比預料中巨大。這棟建築本身就是一座獨立的人工島，同時也是管理絃神島全土的掌控裝置。

海面下多達四十層的人工島集中管理設施裡設有名為五大主電腦（Five Elements）的五座超級電腦，掌管絃神島全島的基礎建設和魔族登錄證。末日教團就是制壓了那些，藉此發起領主選鬥。

換句話說，只要從他們手中制壓五大主電腦，屆時領主選鬥便會結束。

「問題在於大家知道這一點，卻都放著基石之門不管呢。」

負責偵察的優乃自言自語般接話，並且率先衝進了基石之門。雫梨也緊隨在後，最後則有擔任後衛的琉威跟上。這是在攻魔專校時期演練過好幾次的隊形（Formation）。

入侵基石之門很容易。因為末日教團之前和特區警備隊交戰，閘門已經遭到破壞了。

可是進入建築物裡走不到幾步，打頭陣的優乃就停下駐足。

廣闊的大廳，高級服飾店成排的購物商場入口。

然而，瀰漫在那裡的卻不是香水或香氛精油的氣味，而是濃密血腥味。

牆壁與地板被打出無數彈孔，聚碳酸酯製的盾牌及有腳戰車殘骸倒在地上。那應該是打算入侵基石之門的領主人選和末日教團交戰過的痕跡。儘管並沒有發現屍體，這種氣氛就算套上死屍累累一詞也不至於突兀。

「看來大家並沒有放著不管，姑且還是有人想出手呢。然後，就統統被擊退了。」

琉威用掃興的語氣說道。

雫梨緊握長劍劍柄，咬住嘴唇。

領主人選帶著足以留下這些殘骸的戰力攻進來，然後被末日教團擊退了。事到如今，雫梨才痛切理解自己區區三人就想打倒「吸血王」的舉動有多麼魯莽。於是——

「雫雫，趴下！」

警戒周圍的優乃突然回頭，對雫梨叫了出來。

「咦……！」

雫梨並沒有意思要發呆，但應該是心慌導致集中力欠缺。一時反應不來的雫梨被琉威推開拉進了死角。

隨後，無數槍彈就掃過雫梨剛才所站的位置。

人工智慧操控機槍所做的掃射。從購物商場的各個角落大舉冒出了軍用警備器。看來之前的領主人選會被擊退，就是它們做的好事。

「什麼嘛！末日教團怎麼會有現代兵器！」

雫梨躲在有腳戰車的殘骸窺伺通道狀況，露出困惑之色。

「原來如此。我稍微搞懂了。」

琉威同樣一邊閃躲槍擊一邊「呵」地忍俊不禁。

「怎樣怎樣？你們在講什麼？」

優乃依然趴在地面，還愉快似的反問一句。

「我是指這起事件的幕後黑手。看來ＭＡＲ宣稱中立是假的。」

「嗯？表示ＭＡＲ是事件的幕後黑手嗎？」

「那種軍用警備器是ＭＡＲ的新製品，在全世界的所有市面上都還沒出貨才對。」

「喔～～……」

原來如此——優乃會意似的點頭。能將未上市的製品投入實戰，這種事情除了身為製造企業的ＭＡＲ之外當然不可能辦到。代表他們不只協助領主選鬥營運，還主動參與了占領基石之門。

「所以我們都心存感激地吃著幕後黑手發的食物嗎！」

雫梨粗魯地捶戰車殘骸，甚至忘了自己正把那當成盾牌利用。

優乃傻眼似的苦笑說：

「雫雫，妳最愛吃MAR食品的碗裝速食炒麵嘛。」

「我、我哪有辦法！其他廠牌又不附奶油起司的佐料包，再加上山葵美乃滋的刺激口感……搭配起來絕對好吃啊！」

「是、是嗎……」

「總之，我們躲在這裡也沒完沒了。何況時間經過越久，對我們這邊越不利！」

「班長說得是。那麼，我們先照老樣子應戰吧。」

琉威看雫梨總算從動搖中振作，便冷靜地開口提議。

光是如此，他們三人就明白了各自的任務。雖說是在虛擬空間發生的事，這支熟練的隊伍仍克服過好幾次嚴酷的實戰，在默契上不用擔憂。

「要上嘍～～！」

優乃蹬地躍起。運用獸人瞬發力的壓倒性跳躍。往垂直方向的移動出乎意料，使得警備器來不及瞄準。

受到優乃的身手玩弄，警備器的火力中斷了。

趁著那一瞬空檔，琉威擲出咒術榴彈。灑落的閃光與瘴氣讓警備器動作停擺。接著——

「——『炎喰蛇』！」

雫梨從殘骸死角衝上前，持深紅長劍一閃而過。將蓄積於劍身的魔力一舉解放，化成巨大的破壞利刃，這是她釋出魔力的殺手鐧。

爆發性的魔力洪流掃過購物商場通道，將幾十台的大群警備器瞬間粉碎。對手是無須留情的無人兵器才能用這種猛招。被魔力釋出波及的高級服飾店店面也跟著全毀，不過雫梨當作沒看見。

「差不多就這樣嘍。」

雫梨將長劍入鞘，並得意地揚起下巴。

而琉威和優乃則是看都不看雫梨，只望著警備器的殘骸。

「……奇怪了。」

「你指的是什麼？」

琉威淡然說了一句，使雫梨不解地偏過頭。

「敵人沒有增援跡象。我不認為對方憑這樣的數量，就占領了整座基石之門。」

「不是ＭＡＲ吝於動用經費的關係嗎？」

「希望如此啦。」

琉威溫和地微笑，把雫梨的意見含糊應付過去。雫梨則不悅地噘起嘴脣說：

「至少，末日教團的戰力肯定是耗盡了。畢竟南宮老師已經封鎖住監獄結界，還表示對方無法再召喚同伙了。」

「既然是『空隙魔女』說的，應該就沒錯了。既然如此，敵人更應該將戰力集中於根據地（這裡）才對啊……」

呼嗯——琉威用手托著下巴沉思。

而他的表情忽然僵住了。雫梨也再次拔劍備戰。

異響在整座大廳傳開，有不尋常的震動搖撼建築物。

「雫雫！」

優乃厲聲警告。

雫梨腳下的立足點幾乎在同一時間裂開。

打碎混凝土地板出現的身影，是讓人聯想到大蛇的一頭異形。長達七八公尺的細長生物抽動如鞭，準確地朝雫梨來襲。

「接我這招！」

雫梨以長劍迎戰來襲得異常準確的敵影。

貌似大蛇的生物，其真面目是覆有半透明黏液的觸手。

波狀劍身發出深紅光芒，將那條觸手從中斬斷。被砍斷掉下來的觸手還是沒有停止活動，仍在地上劇烈蠕動。

「什、什麼東西嘛……這是……？」

雫梨嚇得板起臉，一邊節節後退。

她的「炎喰蛇」是可以斬向對手，藉此奪取對方魔力以提升威力的魔劍。而「炎喰蛇」起了反應，就表示這條觸手並非單純的生物，而是具有某種魔力的魔獸。

「欸……你們覺不覺得這條觸手好像在哪裡看過？」

優乃不愉快似的皺起臉這麼說了一句。

「難道……！」

雫梨低聲驚呼。

剎那間，觸手根部附近的瓦礫像爆炸一樣隆起，巨大魔獸現出其面貌。

彷彿以凶猛爬蟲類與肉食昆蟲摻雜而成，模樣既詭異又凶惡的生命體。近似裝甲的厚實皮膚與無數觸手，在黑暗中發亮的六雙眼睛——

雫梨認得那頭怪物的模樣。

「為什麼未確認魔獸（Unknown）會在基石之門內部遊蕩啊——！」

雫梨的尖叫聲迴盪在昏暗的建築物中。

然而，這陣聲音被崩塌的瓦礫蓋過，沒有任何人回答她的疑問。

5

人工島北區頂層——

煌坂紗矢華正從沿岸所種的行道樹上望著黎明前的海。只是，她處於上下顛倒的狀態。裝備的降落傘勾到行道樹樹枝，吊在空中的紗矢華就像鐘擺一樣晃來晃去。搭乘的直升機墜落前一刻，她形同被共乘者推下飛機跳傘，勉強抵達地表以後就落得這種結果。

「嗚嗚……我可沒有聽說要連續兩天被逼著跳傘……」

紗矢華帶著憔悴至極的表情無助地嘀咕，並且解開了降落傘的背帶。離地面不到兩公尺，是用不著使用體能強化咒就能下去的高度。

然而，當她用倒立的訣竅起身，調鬆肩膀背帶的瞬間，身體就不慎失去平衡固定成意料外的角度了。雙臂困在頭的後面，只有右腿被綁著倒吊起來——活像兔子中了吊繩陷阱的可憐狀態。

「……欸，不會吧……！腿被傘繩(Cord)勾住拔不出來了！這什麼情況嘛！」

紗矢華拚命想從倒吊狀態中掙脫出來，結果卻只是讓傘繩綁得更緊。

裝長劍的樂器盒原本捧在胸前，失去平衡之際就失手掉到了地上。在兩手受困的狀態下，她也無法用咒符喚出式神。

黎明前的路邊，有個年輕女子自己把自己捆緊倒吊起來——如果這種模樣被人撞見，肯定會被懷疑是什麼古怪的癖好。

怎麼辦才好嘛——當紗矢華不知所措時，就傳來有人接近的腳步聲。

「煌坂，妳沒事吧！」

「曉、曉古城……？」

耳熟的少年嗓音讓紗矢華把頭轉了過去。

稍稍喘著氣趕來的人，是頭髮不知怎地染成了金色的曉古城。看起來就像鄉下的不良少年，很難說合適，但現在並不是計較那些的時候。

看來他似乎是目擊了紗矢華跳傘，就追過來這裡了。

「太好了，救救我，曉古城……啊，不行！你還是別過來！不准看！」

紗矢華想起自己現在的模樣，感到狼狽不已。

畢竟紗矢華的裙子受重力牽引，現在完全翻開了，大腿和屁股全露在外面，幾乎到肚臍為止都處於被人看光光的狀態。她把唯一自由的左腿甩來甩去，想設法遮住內褲，但徒勞無功一詞講的就是紗矢華現在這樣。

古城姑且也有替她著想而裝成沒看見，但那樣並沒有解決什麼問題。

「到底要不要我救啦……？話說，妳在那邊亂動不會有事嗎……？」

「咦？」

古城講出了亂實際的台詞，讓紗矢華驀地取回冷靜。

就在隨後，紗矢華頭上傳來劈劈啪啪的不祥聲音。支撐她的行道樹樹枝斷了。

「哇、哇啊啊啊啊啊！」

懸空感急劇來襲，紗矢華忍不住尖叫出聲。由於手腳受困，她連護身都沒有辦法。

「喔！」

紗矢華閉眼準備承受摔落的衝擊，待在正下方的古城便將她接住。由於摔落的衝擊無法完全化解，兩個人直接糾纏成一團滾到地上。

紗矢華像是用胯下硬壓在古城的臉上，急忙跳開退後並按住裙子問：

「痛痛痛……唔！你、你看見了嗎！」

「呃……算有啦。可是，現在那根本不重要吧。」

古城一邊揉著撞在地上的後腦杓一邊起身嘆氣。

紗矢華則是面紅耳赤地含淚說：

「你、你居然說……那根本不重要？」

「反正快給我解釋情況。為什麼妳會從天上掉下來……？」

「又不是我自己想跳傘的……啊！」

紗矢華頓時面無血色地抬起臉。她又把視線轉回海那邊。

「伯母！伯母他們呢……？」

「……伯母？」

古城丈二金剛摸不著腦袋似的，朝失措的紗矢華望了回去。莫非紗矢華的伯母有來紘神島？古城感到疑問。

而紗矢華就狠狠瞪著古城說：

「我是指你的父母！他們都搭在剛才那架運輸機上！」

「跟妳一起？事情怎麼會搞成那樣……？」

「要說明會拖很長就是了……」

紗矢華支吾其詞。實際上的問題或許是連她自己都不明白狀況為什麼會變成那樣。

古城勉強搞懂的部分就只有自己的母親違抗ＭＡＲ，從蔚藍樂土的魔獸庭園放走了奧蘿菈這一點。

之後曉深森的去向如何，古城便不得而知。然而，假設深森被ＭＡＲ抓了，紗矢華則是去救她的話，她們會被ＭＡＲ的直升機追殺就可以獲得解釋。

話雖如此，載她們的直升機是誰在駕駛？這個疑點仍然留著。紗矢華這種有口難言的態度又是怎麼回事？當古城感到疑惑時，從紗矢華背後突然冒出混有雜訊的說話聲。

『……喲，小妞，妳聽得見嗎？』

「曉牙城！原來你沒事嗎！」

紗矢華扯下纏在傘繩的無線電，還急得像要咬人一樣地答話。

古城對紗矢華提到自己父親名字這一點稍微板起了臉。

的確，那個男的就算會開直升機也不足為奇，而且他也有救深森的動機。雖然牙城跟紗矢華會在一起的理由依舊成謎，但是那部分似乎連紗矢華自己都不太清楚。

『勉強啦～～……我們在海上迫降了，要回到絃神島好像得花一段時間。算啦，沒出現鯊魚就不打緊吧。』

『我肚子餓了～～……我想吃冰棒～～……』

以海浪聲為背景，傳來牙城和深森悠哉的講話聲。他們搭的直升機似乎墜海了，不過兩個人聽起來暫且都平安無事。

紗矢華確認這一點以後，就露出放心的神情說：

「你竟敢把我推下直升機……！」

『怎樣啦，我不是讓妳帶了降落傘嗎？』

面對紗矢華的怨恨口氣，牙城反而用賣人情的態度回嘴。

「問題可不在那裡！硬要我幫忙救伯母的是你耶，這算什麼待遇嘛！」

『總之，彼此都平安都謝天謝地啦。那麼，我話就說到這裡。要是妳見到我那蠢兒子，記得幫忙問候一聲……唔喔，糟糕，要沉了要沉了！』

『冰棒～～……』

牙城他們的聲音被沙沙作響的雜訊掩去，不久通訊就戛然而止。紗矢華扔掉完全沉默的無線電，深深地垂下頭。

「唉……搞什麼嘛，真是的。」

「啊～～……嗯。事情我大概懂了。妳也夠辛苦的了。」

「就是嘛……」

古城用同情的眼神看紗矢華，紗矢華則是臉色複雜地望著他。

接著，紗矢華好像忽然察覺到了什麼，東張西望地問：

「這麼說來，雪菜呢？她沒有跟你在一起嗎？」

「目前那傢伙在第二真祖的領地。她去救志緒那些人了。」

「救斐川志緒……？意思是雪菜去見奧蘿菈．弗洛雷斯緹納了嗎！」

紗矢華睜大眼睛逼向古城。那種氣勢讓古城困惑地反問：

「對啊，是那樣沒錯……真虧妳曉得耶。」

「你怎麼沒有阻止雪菜！」

「阻止？是喵咪老師要姬柊去的耶。」

「問題就在那裡啊！」

紗矢華揪住古城胸口，並且粗魯地前後搖晃。她帶著前所未見的急迫臉色，嘴唇頻頻顫抖地說：

「師尊大人是打算讓雪菜殺掉奧蘿菈．弗洛雷斯緹納啦！」

「……啥？要姬柊殺奧蘿菈……怎麼會是那樣……」

古城茫然地回望紗矢華。話題跳得太遠，他跟不上。

而古城腦海裡浮現了雪菜臨走前的那句話。

對不起——她是對古城這麼說的。

「難道說……為了阻止『焰光之宴』……？」

古城的聲音失去了溫度。

只要身為封印的奧蘿菈本身肉體被消滅，沉睡於她體內的第十二號眷獸就會獲得解放。

被解放的眷獸必然會設法回到古城這個原本的宿主身上。因為第十二號眷獸「妖姬之蒼冰（Alrescha Glacies）」正是第四真祖被人撕裂的一部分。

而且取回第十二號眷獸以後，古城將藉此成為完整的第四真祖，「焰光之宴」便能得到阻止。這就是雪菜被賦予的任務。她是為了阻止「宴席」而動身前往抹殺奧蘿菈的。

正因為如此，閑古詠才當著古城面前對雪菜下了命令。

為了證明抹殺奧蘿菈是出於獅子王機關之意，雪菜並沒有責任，以免古城對雪菜懷恨在心。閑古詠的用意便是如此。

「原來，你曉得自己身體出了什麼狀況……？」

紗矢華訝異似的看向古城。古城厭煩地點頭說：

「我媽……我母親真的是為防止那件事才帶奧蘿菈出來的嗎？為了讓我吞噬她……！」

「讓你吞噬？吞噬掉奧蘿菈．弗洛雷斯緹納……？」

紗矢華目瞪口呆地看向古城。

她的反應出乎意料，使得古城難掩疑惑。

「難道不是嗎？齊伊．朱蘭巴拉達告訴過我，看是要讓奧蘿菈消滅，還是要引發『宴席』將絃神島毀滅，他說隨我高興要怎麼選。」

「所以雪菜和其他人也都信了他的話嘍……」

紗矢華嘀咕著咬起手指甲。

「表示他說謊嗎？」

「沒有，那不是謊話。雖然不是謊話，卻也不正確。要阻止『焰光之宴』，方法還有一種。」

「咦……？」

古城抓住紗矢華的雙肩把她拉到身邊。被古城從極近距離探頭看向眼睛，紗矢華緊張得怦然臉紅。

「志緒她們知道這一點嗎？」

「我、我想不曉得。因為伯母說過有瞞著斐川志緒她們。」

「為什麼她要那樣做啊！」

「當中有理由的喔。因為斐川志緒她們若是知道了，要帶奧蘿菈來島上大概就會覺得遲疑了。」

紗矢華結結巴巴地替深森護航。古城微微板起面孔問：

「表示另一種方法有那麼糟？」

「總之，我們要去追雪菜才行。」

紗矢華總算從動搖中振作，並且收斂表情站了起來。

「你說雪菜去了人工島東區對吧？」

「是啊。不過這樣行嗎，煌坂？妳這不就違反了獅子王機關的命令……」

「要問行不行，這我才不曉得啦！」

紗矢華像在告訴自己一樣軟弱地叫道。

倘若殺了沒有任何罪過的奧蘿菈，就算那是獅子王機關下的命令，雪菜應該也會苦惱。

紗矢華不容許這一點。

「總之我就是討厭雪菜遭到不幸！與其讓事情變成那樣，還不如來拜託你……！」

「拜託……我？」

什麼意思？古城如此開口。

然而，古城的話卻被突然傳遍四周的巨響蓋過。

彷彿巨大音響喇叭在耳邊發出顫噪效應，令人不快的高周波噪音。紘神島上到處有建築物的玻璃產生共鳴而碎裂。

「這什麼聲音！」

「從基石之門的方向傳來的……？」

古城和紗矢華摀住耳朵，看向基石之門。雫梨前往的基石之門內部發生了不測的事態。

「會是卡思子做的嗎？可是，這種聲音……該不會是未確認魔獸的共鳴破碎！」

「未確認魔獸……？」

古城驚呼的內容讓紗矢華表情為之凍結。

先前紘神島出現了未確認魔獸一事，紗矢華當然也知情。會吸收魔力並且急劇進化的凶猛特性，據說已在全世界的魔獸研究者之間掀起了重大的討論。

那頭未確認魔獸的真面目，是ＭＡＲ聘請科學家以人工方式製造的生物。領主選鬥和未確認魔獸。名為ＭＡＲ的巨型企業將兩者牽到了一塊。

「卡思子……！」

古城瞪著基石之門，揮下握緊的拳頭。

為了殺奧蘿菈而前往第二真祖領地的雪菜。還有，當下肯定陷入窮途末路的雫梨——

該追哪一邊才好？如此自問的古城無從作答，杵在原地不動。

在這般局勢下，共鳴破碎的巨響再度傳開，紘神島劇烈搖盪。

即使如此，古城仍只是茫然杵在原地。

6

超震動造成的巨響也傳到了人工島東區。

「嗚嗚……招致破滅之狂躁……！」

狀況。

奧蘿菈躲在廢棄倉庫一隅，捂著雙耳露出快要哭的臉。

志緒同樣用雙手摀住了耳朵，還從倉庫窗口窺探基石之門。

倒金字塔型的巨大建築物就如巨大墓碑一樣悄悄聳立著。然而，那裡頭肯定發生了什麼狀況。

「這聲音……我認得這種聲音。」

志緒臉色嚴肅地說道。

之前來絃神島時，志緒等人遭遇過名為Ⅸ4（Nine Four）的未確認魔獸——這就是其個體用來當武器的共鳴破碎震動聲。

「未確認魔獸怎麼會在基石之門出現啊！」

「……對了，上次的未確認魔獸——『加米諾頓』風波的幕後黑手罪名被安到了受僱於MAR子公司的技術人員身上呢。」

矢瀨基樹撇撇嘴，挖苦似的笑了出來。

所謂加米諾頓，是賦予Ⅸ4型未確認魔獸的暫定固有名稱。正式學名為Proitegaminodong magus nipponicus。

基石之門出現的魔獸未必就是加米諾頓，然而以狀況來講，想必極可能為血緣相近的亞種。

「ＭＡＲ……！」

志緒訝異地回頭看向矢瀨。

以往ＭＡＲ作為中立第三方，都在救助領主選鬥中的傷患以及補償損害；還一直負責提供糧食與物資，絃神市民應該大多都認為他們有恩於己。然而，要是ＭＡＲ有參與占領基石之門，大前提就截然不同了。

「說來也沒有多不可思議，名義上是人道援助，不過那些人跟末日教團勾結也是從一開始就曉得的事嘛。」

「……未確認魔獸在跟誰戰鬥？」

志緒用不悅的口氣問道。

「天曉得……希望古城那傢伙別被連累就好。」

矢瀨自暴自棄似的聳肩。奧蘿菈聽見那句話，受驚似的抬起臉龐說：

「古城……！」

「啊，抱歉。我想那傢伙沒事的啦。」

矢瀨連忙開口緩頰。

志緒看他那樣就低聲噗哧笑了出來。矢瀨基樹一向自許為尖酸的旁觀者，然而害純真無邪的奧蘿菈擔心似乎並不是他的本意。

「麻煩妳再稍等一陣子，因為目前還沒辦法突破第二真祖的包圍網。」

矢瀨蹲下來配合奧蘿菈的目光，有些為難地笑了笑。

志緒擺了納悶的表情聽著那番話。因為矢瀨的態度與無助的口吻呈對比，看得出有種莫名的自信。他似乎有計策能帶著奧蘿菈離開。

「難道我們在這裡等，狀況就會改變嗎？」

志緒瞪著矢瀨問道。矢瀨則應付似的微笑說：

「姬柊學妹會來接我們。她正好已經渡過運河了。」

「姬柊雪菜會過來……？」

志緒愣愣地眨了眨眼。

持有七式突擊降魔機槍的雪菜在這種情況下，肯定是最值得信賴的援軍才對。畢竟她是「為了誅滅真祖」而被派至這座島上的劍巫。

可是，在受到第二真祖制壓的這塊領地，矢瀨應該無法上網也無法打電話。明明如此，他是怎麼將自身下落轉達給雪菜的呢？志緒怎麼也想不通。

「……對，在下個路口左轉，然後麻煩妳穿過從那裡可以看見的陸橋。再過去就到了，廢棄倉庫裡。B棟2號……」

矢瀨把耳朵湊向密閉型耳機，不時還嘀嘀咕咕地自言自語。不過，感受不到他在動用咒力，對此志緒越想越糊塗了。

「矢瀨基樹，你是什麼人物？即使你真的是人工島管理公社的關係人員，又怎麼能聯絡到姬柊雪菜？」

「基於個人隱私因素，請容我保留回答。唉，有許多門道啦。」

「這算什麼回答……！你說姬柊雪菜會來，這話能信嗎？」

矢瀨的回答太過隨便，使得志緒不耐煩地繼續追問。

而矢瀨苦笑著一邊搖頭一邊把目光朝向窗外。

「她到啦。不愧是獅子王機關的劍巫，真快。」

「咦……？」

志緒立刻護著奧蘿菈移動，並窺伺外頭的狀況。

以天空的朝霞為背景，手握銀槍的少女冒出短短一瞬間。

她正在建築物屋頂之間飛縱，抄最短的距離移動。那副模樣，讓人聯想到柔韌的貓科動物。

不久，她就不發聲響地在志緒等人藏身的倉庫前著地。

雪菜彷彿受了誰的聲音引導，步伐毫無迷惘，朝著志緒他們這邊接近而來。

「姬柊雪菜！原來妳真的來了！」

志緒從躲藏的貨櫃死角探出臉，並且向雪菜揮了揮手。

雪菜認出志緒的身影後，似乎露出了一絲微笑——顯得十分哀傷的微笑。

她握著的銀色長槍發出沉重金屬聲，然後變形了。金屬製的槍柄伸展增加長度，收納起來的左右副刃也隨之展開。轉為戰鬥模式。

「……姬柊……雪菜……？」

志緒看雪菜緩緩接近過來，便警戒似的瞇細眼睛。

「妳一個人？曉古城平安嗎？為什麼妳會曉得我們在這裡？」

「斐川，妳等一下。姬柊學妹的樣子不對勁。」

志緒想靠近雪菜，矢瀨就從背後抓住她的肩膀把她攔住。輕浮笑意從他嘴邊消失，而眼神更顯銳利。

「斐川學姊，對不起。請把奧蘿菈交到我這邊。」

雪菜停下腳步，朝志緒背後的奧蘿菈瞥了一眼。雪菜冷冷的眼裡沒有顯露任何感情，讓志緒感到毛骨悚然。

「奧蘿菈……不，第十二號『焰光夜伯』……妳聽得見我的聲音，對不對？」

雪菜淡然的呼喚讓奧蘿菈嚇得肩膀一顫。

既無敵意也無憤怒的透明殺意從雪菜的說話聲傳達過來。

「請跟我一起來。假如妳想幫助曉古城，請務必配合。」

雪菜靜靜地把話說下去。

由於長相端正，雪菜抹去表情的模樣反而更是嚇人。有別於人類的異類——甚至會陷入一種看著美麗兵器的錯覺。

為了擺脫那種恐懼，志緒把困惑拋向矢瀨。

「這是怎麼回事，矢瀨基樹！姬柊該不會被別人操控了吧！」

「不，那沒有可能。派她過來這裡的，可是位居獅子王機關『三聖』的閑古詠。」

矢瀨幾乎是賭氣地予以反駁。他也不明白雪菜要對奧蘿菈不利的理由。

「你說這是閑大人的命令……？」

志緒茫然地嘀咕一句。獅子王機關下令要雪菜殺害奧蘿菈——她察覺到那樣的可能性了。倘若殺奧蘿菈是閑古詠做的指示，雪菜的行動便不容置疑。

雪菜卻搖了搖頭，好似要否定志緒的疑惑。

「錯了，斐川學姊。我是本著我的意志過來的。」

「麻煩妳解釋，姬柊雪菜。」

志緒放下原本揹著的樂器盒。

她的改良型六式降魔弓屬於制壓兵器，在肉搏戰派不上用場。萬一要跟雪菜搏鬥，手上不拿多餘的東西會比較好。

雪菜察覺志緒如此做了判斷，也還是面色不改。

「之後大有時間可以說。所以，請學姊現在先讓開。」

「不，我不讓。」

志緒靜靜地調適呼吸說道。躲在倉庫休息的這段期間，消耗的咒力也恢復了幾分。雖然實在稱不上萬全，要應付雪菜已經夠了。

志緒也有她身為獅子王機關學姊的堅持。

「矢瀨基樹，你快帶奧蘿菈逃走！響鳴吧！」

志緒將事先設置在倉庫內的咒符同時啟動。外形仿效猛禽的眾多式神從四面八方朝雪菜撲來。

「『雪霞狼』！」

雪菜旋起了銀槍。她的長槍能讓魔力無效化，對式神而言是天敵。式神們光是觸及她的槍就輕易被撕裂，然後變回原本的咒符模樣。

然而，那都在志緒的預料範圍內。

「辰星／歲刑！」

志緒趁雪菜分心於式神時鑽進其死角，並挾著體能強化咒出腿。獅子王機關的無音暗殺術──「八將神法」。連同屬獅子王機關的劍巫也不知其玄虛，專屬舞威媛的壓箱招式。

而雪菜並沒有要躲志緒這一招。

「──火雷！」

「什……！」

彷彿被透明鐵鎚重轟的爆發性衝擊朝志緒襲來。雪菜將體內凝鍊的高密度咒力像子彈一樣往全方位放射出去。

非得是咒力總量超乎常人的雪菜才能用這種魯莽的招式還擊。

「笨……居然這麼蠻橫……！」

志緒被轟得撞向背後的貨櫃，無力地滑落並發出呻吟。

咒力剛釋放出來的雪菜肉體是處在全無防備的狀態。假如發招時間點有分毫閃失，她或許就直接挨中志緒那一腿而斃命了。

「對不起，斐川學姊。因為我認為不這麼做就勝不過妳。」

雪菜面無表情地低頭看著志緒說道。

她的眼睛就像沒有感情的機械，讓志緒背脊僵凝。

仔細想想，雪菜跟曉古城認識以後變得像人類多了。儘管笨拙還是會將情緒顯露在外，表現得像個普通少女的時候也變多了。

可是現在的雪菜不同。如今的她是志緒在高神之杜成天修行度日時所認識的姬柊雪菜。同為攻魔師的眾多見習生都心存憧憬，而又畏懼的緣堂緣寶貝徒弟。當她被選為第四真祖的監視者時，任誰都心服口服。如果是她，或許連第四真祖都殺得了——大家都這麼想。

猶如鍾鍊利刃的姬柊雪菜視線一轉，看向害怕的奧蘿菈。

「傷腦筋……這下敗給妳了。」

矢瀨「喀」地咬碎藥劑的膠囊，並且來到雪菜面前。

看到那一幕的志緒說不出話。連同樣身為攻魔師的志緒都敵不過此刻的雪菜，矢瀨想必沒有能力跟她過招。

「矢瀨學長……？」

雪菜大概也感到跟志緒同樣的困惑。她的眼睛看似遲疑地閃爍了些許。

但矢瀨卻自信地微笑，並且張開手臂遮住了奧蘿菈。

剎那間，不知從何而來的勁風捲起，將想要接近的雪菜吹開。

「姬柊學妹，憑那把長槍化解不了我的力量喔。妳怎麼辦？」

矢瀨用挑釁的口吻警告。志緒見狀才終於搞懂。能隨意操控大氣的過度適應能力者（Hyper Adapter）——

這就是矢瀨基樹的真面目。矢瀨能替雪菜指路到這裡也是靠那項能力將聲音傳達給她的。

靠大氣壓力製造不可視風刃，或者靠真空破壞細胞組織，雖然攻擊力本身不算高，殺傷效果卻可視應用方式而有多彩變化的危險能力。加上其攻擊並不帶有咒力，因此也無法進行預測。

「…………」

然而雪菜對矢瀨出乎意料的能力只動搖了一瞬間。

她拿出金屬製的咒符，將其幻化為四頭狼。狼群迅速散開，從四方將矢瀨包圍。

矢瀨臉上的從容隨即消失。基於操控大氣的能力特性，他無法同時朝多個方向展開攻擊。就算沒有這種弱點，他運用大氣壓力使出的攻擊也對無生物效果薄弱，能否打倒金屬製的式神並不好說。

矢瀨所剩的手段只有在遭到式神襲擊前，先將身為施術者的雪菜打倒一途。

雪菜也明白這一點。擁有未來視能力的雪菜躲不掉矢瀨的無形攻擊——這對她來說也是個賭注。

在對峙的兩者之間，大氣緊繃得令人無法呼吸，而打破那種緊張的是個意想不到的人物。金髮少女經過矢瀨的身邊，朝雪菜湊了過去。

「咦？喂，奧小妹……？別這樣！妳不要過去！」

矢瀨連自己正在戰鬥都忘了，還想攔住奧蘿菈。

雪菜也一副難以置信的樣子望著抹殺對象湊過來。

奧蘿菈迎面回望訝異的雪菜，露出了微笑。

那並不是平常怕生的表情，而是對推心置腹的朋友才能露出的無防備笑容。

「雪……菜……」

奧蘿菈叫了她理應不認識的雪菜名字。

雪菜和矢瀨都像觸電一樣僵掉了。

於是他們倆這才回想起來。在第六號一年前被古城消滅，讓奧蘿菈藉其肉體復活之前，奧蘿菈的魂魄一直都附在曉凪沙身上。她跟凪沙是共有記憶的。

「姬……姬柊雪菜……汝會背信，乃是出於信奉古城之舉？」

挺胸的奧蘿菈盡全力保住威嚴，一邊向雪菜問道。雖然語氣變回了以往的她，但她繼承有凪沙的記憶是顯而易見的。

奧蘿菈湊到遲疑的雪菜眼前，還將指過來的「雪霞狼」槍尖抵到自己胸口。

「既然如此，吾饒恕汝。汝大可用破魔之槍，侵奪吾魂魄。」

「……！」

雪菜握著長槍的手臂發抖了。奧蘿菈闔上眼皮，等著雪菜攻擊。

「不行，奧小妹！」

「姬柊……妳住手……！」

矢瀨和志緒大叫。然而要阻止雪菜，她跟奧蘿菈的距離已經太近了。只要將長槍稍稍往前一捅，雪菜就能誅滅奧蘿菈。

但雪菜沒有動手。她結凍似的停住動作，聲音顫抖。

「為什麼……」

淚濕而快要哭出來的雪菜眼睛凝視著奧蘿菈身上的服裝。從外套領口露出來的，是彩海學園國中部的制服。

絃神島是「魔族特區」——就算是世界最強的吸血鬼，也被允許混在普通人之間一起上學。奧蘿菈·弗洛雷斯緹納這名少女有多麼盼望過那樣的生活，光從她穿著那套制服就能輕易想像。

這使得雪菜有所迷惘。因為她就是為了保護曉古城的日常生活，才打算殺奧蘿菈。

「我不誅滅妳……曉學長又會一個人痛苦，明明如此……」

雪菜的手臂失去力道，銀槍掉落在地。

志緒就連聲音都發不出，只是望著雪菜那副模樣。

來到這座島的雪菜果真變了。或許身為攻魔師，那並不是眾人樂見的改變。可是，身為雪菜的朋友之一，志緒對現在的她有好感。

「莫要掛懷，劍之巫女。既然吾已是一度滅亡之身。」

奧蘿菈撿起了掉下的長槍，遞給雪菜。假如要救曉古城，自己就非得消失，那就毫不遲疑地動手誅滅她吧——奧蘿菈的藍眼睛正如此訴說。

雪菜無助地搖頭，下個瞬間，她強搶似的從奧蘿菈手裡收下了長槍。青白色的神格振動波光輝包裹住銀槍後，雪菜揮下了槍。

「——！」

「姬柊！」

矢瀨和志緒倒抽一口氣。然而他們倆還來不及阻止，雪菜就刺出長槍了。

奧蘿菈的金色秀髮斷了幾根，飛舞在半空。

雪菜的槍驚險掠過她細細的頸子，急刺而去。於是，金屬相碰的尖銳聲音響徹倉庫。

雪菜出槍擋住了從奧蘿菈背後揮下的索命銀劍。

獅子王機關的改良型六式降魔劍——

有意砍向奧蘿菈的那項武神具被雪菜阻止了。

「妳為什麼要礙事，雪菜（小雪）？」

銀色長劍的主人用怪罪似的眼神瞪向雪菜。氣質清純，感覺認真的少女。然而，此刻的她已無平時給人的溫柔印象。

「……唯里！」

志緒茫然望著突然闖進來的人，發出驚呼。即使她親眼目睹對方要殺奧蘿菈，也還是無法置信。

「原來妳沒事嗎，唯里！可是，妳怎麼會……！」

「對不起，志緒。」

唯里仍背對著志緒，並且用好似想不開的口氣說道：

「雪菜也是，不要來礙事。否則，這座島會因為大規模感染而滅亡。」

「大規模感染……？」

好友嘔血般的叫喚讓志緒心頭大亂。

「怎麼一回事，唯里？跟我說明！」

「這樣啊……因為『焰光之宴』嗎……」

矢瀨板起臉孔低聲咕噥。他眼裡浮現的無疑是恐懼之色。

「『焰光之宴』？事到如今，為什麼要提到讓第四真祖覺醒的儀式魔法……？」

志緒用困惑的聲音反問。在曉古城已君臨為第四真祖的狀況下，她想不出第四真祖的復活魔法有何理由會發動。

但矢瀨苦惱似的搖頭說：

「目前的古城以第四真祖而言並不完整。要變回原本的姿態，還缺一頭眷獸。」

「……難道姬柊雪菜想殺奧蘿菈，也是為了讓曉古城成為完整的第四真祖，防止大規模感染嗎……？」

志緒訝異地看了雪菜。若是如此，她確實能理解雪菜突然行凶的理由。閑古詠會命令雪菜抹殺奧蘿菈也是當然。

而且，唯里要殺奧蘿菈也是出於相同理由。

志緒已經不知道自己該怎麼做，而雪菜恐怕也一樣。

「雪菜，妳退下。還是妳想讓古城來殺那個女生？」

唯里似乎抓準雪菜的迷惘，厲聲逼問。

「這……！」

跟唯里對峙的雪菜明顯有了動搖。

唯里趁隙動手了。

「——霞起！」

唯里的身影變得朦朧，然後分裂了。用幻術搭配高速移動的分身攻擊，唯里從她師父那裡繼承的絕招。

正因為雪菜是操控未來視的劍巫，便無法應付唯里的攻擊。無數分身產生的大量未來分歧，凌駕了雪菜處理的能力而讓她的行動受制。

「唔……！」

嬌小的雪菜被唯里使出渾身力氣衝撞，一下子就飛了出去。那悽慘的模樣，連志緒都忍不住捂住眼睛。

「那個女生臉長得可愛，手段還真狠……」

矢瀨斥責般嘀咕了一句。唯里能壓制住雪菜，與其說是靠分身攻擊，在出招前先提到古城的名字，然後誘使雪菜動搖的成分占更多。他就是在指責這一點。

「不那麼做，唯里根本無法讓姬柊雪菜無力化。」

沒辦法吧——志緒如此袒護唯里。

具有超凡戰鬥能力的劍巫若是正面對決，大有可能讓其中一方受到無法再起的重傷。為了避免那種事，唯里選了從精神上動搖對方的手段。

這項選擇很符合她為學妹著想，又比任何人都溫柔的作風。

而且那份溫柔導致唯里正要親手殺害奧蘿菈。

「對不起，奧蘿菈。」

唯里緩緩舉劍擺出上段的架勢。

奧蘿菈還是無意逃跑。她空靈地微笑並闔起眼皮，等著唯里把劍揮下。

唯里將嘴唇緊咬到幾乎要流血，然後在握劍的手上使勁，於是在下個瞬間，少女般高八

度的聲音在廢棄倉庫中響起。

「——『始祖之深緋(Primus Minium)』！」

漆黑暴風突然出現，將舉劍的唯里吹跑，還順勢摧毀了整座廢棄倉庫。原本堆疊起來的貨櫃陸續碎散，牆壁與天花板在瞬間遭到粉碎，有如巨大砲彈撒落的驚人破壞力。

「啥！」

「唯里！」

矢瀨和志緒一邊驚呼一邊滾到地上。

迎面承受勁風的唯里頭部流了血，倒地不起。

而俯視著唯里的，則是搖曳如蜃景的漆黑雙角獸(Bicorn)——第四真祖的眷獸，不，那是「吸血王」的眷獸。

「很不巧，我不能讓你們傷害她。」

身穿燕尾服的少年就站在原本曾是倉庫入口的地方。

在他身邊，有高大男子戴著外型仿爬蟲類頭骨的面具。末日教團的一員。

「『吸血王』……」

倒在地上的雪菜搖搖晃晃地抬起頭，開口說出了少年的名諱。

「妳說『吸血王』……？那種小孩子真的會是他嗎！」

志緒以銀色西洋弓瞄準，並詫異地瞠目。

引發領主選鬥的始作俑者。末日教團的首腦，此刻就在志緒等人眼前。然而，即使以知識來說能理解，實際碰上以後難免還是會覺得不對勁。酷似奧蘿菈的稚氣少年，那便是「吸血王」的真面目。

「我來接妳了，姊姊。」

少年朝著奧蘿菈恭恭敬敬地伸出手。

在暴風肆虐的倉庫中，唯一正常站著的只有奧蘿菈。彷彿被看不見的牆圍著，唯有她身邊風平浪靜。「吸血王」正在保護她。

「跟我走吧，姊姊。」

彷彿在催促少女，「吸血王」重複說道。

然而奧蘿菈不動。她似乎在反抗少年呼喚的聲音，只顧猛搖頭。

「姊姊，拜託妳。」

好似不耐煩的「吸血王」加重語氣。

「嗚、嗚嗚……」

奧蘿菈不斷向後退。而她的肉體開始被白茫霧氣籠罩。

彷彿要讓人結凍的純白寒氣。從奧蘿菈體內冒出的魔力之霧。

志緒等人無計可施地望著那幕光景。

透明的雪片結晶隨風飛舞，悄悄地逐漸消融於天空的朝霞之中。

第四章 再會吸血姬

Resurrection Of Vampire Princess

1

從迷宮般錯綜複雜的購物商場裡到處有巨大魔獸追來。

牠們光是奔跑，大地就像發生了永無止盡的地震一樣撼動不停。蠢動的觸手無差別地摧毀店家，被巨軀壓垮的建築物陸續倒塌，看起來就像驚悚片的一幕。

「四、五、六、七……總共七頭嗎？比想像中還多耶。欸，這些魔獸，有沒有人在幫牠們清便便啊？」

優乃一邊確認魔獸們的數量一邊提出疑問。分不出是認真或者開玩笑的悠閒口氣。

「現在是讓妳悠哉談那些的時候嗎！」

握緊長劍劍柄的雫梨大叫。

上次出現在紘神島的魔獸類型被稱作Ⅸ4，具有吸收周圍魔力進而成長的棘手特性。

雫梨的魔劍能砍向對手剝奪其魔力，是少數對牠們有效的武器，但就算這樣，敵人數量未免太多了。琉威和優乃應該也明白這一點才對。

儘管如此，他們倆卻平靜得令人訝異。

「Ⅸ4……Proitegaminodong magus nipponicus是嗎？可是，牠們跟以往確認的個體不同呢，顯然是經過人工改良的近緣物種，耐人尋味。」

琉威冷靜地觀察那些魔獸的模樣，並且嘀咕。

出現在基石之門的魔獸比以往遇上的類型要小。相對地，牠們動作靈活，智能突出。會跟同伴成群結隊，然後相互配合展開襲擊，威脅度應該比Ⅸ4更高。

「哎，算了。這些魔獸就由我們引開，雫雫，妳先走。」

優乃自信地微笑說道，雫梨則是啞口無言地回望她。

「妳……妳在說些什麼！光靠你們倆，怎麼可能對付數量這麼多的未確認魔——」

「虹龍掌壹番『爪鳴』——！」

雫梨話還沒說完，優乃就出掌打向眼前的魔獸。徐緩動作跟優乃以往的招式有所不同——然而，她手掌觸及的瞬間，魔獸的巨軀震動了。

衝擊波貫通堅韌的表皮，承受不住痛楚的魔獸開口咆哮。優乃這一招正在從內側連鎖破壞未確認魔獸的體細胞。

「陰陽，有名無形。故拳號無形……這是笹崎岬老師教我的招式，能立刻派上用場，應該值得高興吧。」

「優、優乃同學……」

同伴意料外的成長讓雫梨瞪圓眼睛。

這幾天，優乃都跟以四拳仙之名著稱的肉搏戰絕頂高手之一——「仙姑」笹崎岬在一起。她似乎利用這段時間偷偷接受了岬的特訓。

優乃原本就是優秀的格鬥家，讓鑽研仙術及武術的岬來教導她應該算一拍即合。短短幾天內，她就成長到可以跟未確認魔獸鬥得不相上下了。這就是優乃的從容之源。

「是啊。幸好報仇的機會來得比想像中更早。」

從驚訝的雫梨背後，琉威拿起手槍型的咒術投射機（Spell Thrower）開火。

要對付巨大魔獸，他的咒彈實在微不足道，連魔獸的皮膚都貫穿不了。然而，當魔獸接觸到那發咒彈的瞬間，表皮就融化似的崩解了。那是詛咒造成的細胞組織侵蝕。

詛咒在吞噬魔獸本身的魔力後更添威力，不久侵蝕範圍就逐漸擴大至全身。

那種詛咒跟妃崎霧葉在驅逐Ⅸ４之際所用的「甲型咒裝單槍（Flair）」屬同一類型。琉威似乎是獨自加以解析太史局的祕密武器「甲型咒裝單槍」，就做出了與那同類型的咒彈。

優乃和琉威曾經跟Ⅸ４作戰，並且一度落敗。儘管他們絕不會表露在外，卻始終沒忘記那份屈辱，偷偷研究對付未確認魔獸的手段。平時看似悠悠忽忽，卻又意外地不服輸。

但是多虧如此，雫梨等人跟之前有過一番苦戰的未確認魔獸也鬥得勢均力敵了。

「班長，麻煩妳先走吧。對方將魔獸投入戰線，表示這附近已經沒有剩下ＭＡＲ的警備器才對。」

「琉威同學……我了解了！」

雫梨將擋路的魔獸觸手一條條地全部砍飛，接著便打算動身前往基石之門的深處。

然而剛突破眾多魔獸的包圍，雫梨就發自本能地停下腳步。

隨後伴隨驚人殺氣，雫梨眼前掃過了爆發性的衝擊波。

宛如青白色火焰而具破壞性的魔力之刃。由魔劍釋出的魔力。

「雫雫！」

「我沒事。這不成問題……！」

雫梨背對優乃這麼說完，又重新舉起長劍備戰。

劍尖所指的地方有身披白袍的女子身影。

對方手裡握著弧度平緩的藍色彎刀。從她太陽穴長出的角則是美麗如寶石的瑪瑙色。

「妳可出現了呢，末日教團……那張品味低劣的面具已經用不著了嗎？」

雫梨向末日教團的使徒之一，也就是那名鬼族的劍士提問。

女子的年紀約莫二十五六歲，體格和雫梨相去無幾，然而她隨手提著彎刀的模樣卻瀰漫著一股雫梨所沒有的陰森氣息。她懷有的憎惡醞釀出那種氣勢。

「我叫伊色亞・尼歐斯。叛徒卡思緹艾拉的女兒，妳給我聽好。」

鬼族之女低聲報上姓名。

她所說的話讓雫梨蹙了眉頭。

「還來這一套……？妳倒說說我是背叛了什麼人！」

「妳身上穿的裝束，不就是背叛的證據？卡思緹艾拉的女兒。」

「妳對聖團到底有什麼仇恨啊！」

雫梨克制不住焦躁，便粗魯地反問回去。

鬼族女子氣得眼皮微微抽搐。

「假惺惺。或者妳只是無知罷了？消滅我們鬼族的，不就是聖團的那些修女騎士？」

「……妳說，聖團消滅了鬼族？」

雫梨呆愣地嘀咕一句。

趁著那一瞬間的破綻，鬼族女子揮下了彎刀。帶有魔力的藍色利刃被雫梨用深紅長劍擋下。魔劍之間的衝突，使得周圍的大氣嘎吱作響。

「妳這女孩對聖團知道些什麼？」

鬼族女子以蠻力劈下彎刀。

「不，我從根本問妳吧，何謂聖團？保護人類不受魔族侵擾的騎士團？還是在稀有魔族瀕臨絕種之際予以保護的慈善團體？」

女子用全身撞上陣腳不穩的雫梨。遭到鬼族的頑強肉體突擊，雫梨飛得老遠。

「不，都錯了。聖團是掠奪者，他們打著教化魔族的名義消滅眾多魔族，篡奪其財富，還帶走魔族的小孩，養育成士兵充作自己的戰力。那就是妳們這些聖團的修女騎士。」

雫梨勉強地一路守住伊色亞．尼歐斯的追擊。

儘管伊色亞的劍法絕稱不上洗鍊，看來卻豪邁而沒有破綻，在戰場鍛鍊出來的我流實戰劍術。要練成這等本領，她克服過的戰役應該多得令人頭眼昏花。

即使如此，雫梨還是撐過了她的猛攻。志在成為修女騎士而累積的修練，讓雫梨無意識地將戰況維持於有驚無險。

這樣的事實應該觸怒了伊色亞，驚人殺氣從她的身體噴湧而上。

「白髮是在鬼族裡位居王族的證明——！而妳這女孩，已經成了消滅鬼族的聖團一分子，還敢將神器『炎喰蛇』拿在手裡揮舞！」

「唔！」

雫梨的表情愕然地僵住了。因為伊色亞振臂舉起的藍色彎刀被耀眼光芒包裹住。那是魔力釋出的光輝。

「——昭示我的憤怒，『雷啼雀』！」

魔力的閃光將雫梨包住。龐大魔力灑落而出，一瞬間連那些未確認魔獸都停下動作。

通道地板裂開一大道，雫梨背後的牆壁粉碎四散。

「班長……！」

「雫雫！」

琉威和優乃吃驚地回頭。

伊色亞．尼歐斯仍保持將藍色彎刀揮下的姿勢，呼吸急促。魔力的光芒已然消失，但是在揚起的粉塵籠罩下無法看見雫梨的身影。

然而——

「……e allora……？」

在粉塵之中有雫梨猛咳的動靜。

伊色亞驚訝地抬起臉，連忙又舉起彎刀備戰。

「那就是……理由嗎？妳之所以……成為末日教團的一員……」

雫梨摘下破破爛爛的頭巾，並且緩緩現身。純白的外套被魔力燒得發黑，但雫梨本身勉強平安。即使身為鬼族也不可能頑強至此。

「沒錯。我不認同聖域條約。人類把我們鬼族逼到滅絕深淵，還打算逍遙地跟魔族共存，這我不可能容忍。」

伊色亞似乎對雫梨異常的韌性有了警戒，就慎重地拿捏間距並說道。

而雫梨輕蔑似的回望伊色亞說：

「所以……妳想讓第四真祖失控，藉此消滅其他真祖……？哈……真是既無聊又荒唐的動機。」

「妳說什麼……！」

伊色亞氣得皺起臉。雫梨生厭地應付掉她那帶有殺氣的目光，露出凶猛無比的微笑。

「我要說……妳想錯了。」

「……想錯？」

「我是指，妳以為我不知道聖團過去的所作所為！」

「什麼……！」

雫梨劈下的深紅長劍被伊色亞用彎刀擋下。但雫梨無視那些，用渾身力氣把劍揮到底。

「聖團在傳播自身信仰的過程中，確實曾犯下許多過錯。有時聖團所做的行為更成了鬥爭的火種，釀成眾多無法挽救的不幸。」

「——既然如此，妳怎麼會淪為聖團的走狗？」

「因為我相信聖團的理念並沒有錯！」

雫梨隨吶喊施展出斬擊。縱情無拘的那波攻擊，讓伊色亞轉為守勢。雫梨的氣魄首度凌駕於她。

聖團是淵源承自西歐教會的異端教派。在教會之下，聖團既是以保護人類不受魔族侵擾為使命的一分子，同時卻也保護魔族，想教誨引導他們。

以結果而言，那造成了許多紛爭。

令外界得知鬼族這支種族的存在，使其走向衰敗的原因，同樣出在聖團。據說鬼族的王族被倡導慈愛的聖團感化以後，毫無防備地接納了充滿惡意的人類掠奪者，到最後就引起了史上罕見的大屠殺。

但是，即使如此——雫梨大喊：

「聖域條約締結的遙遠以前，會提倡人類與魔族共存的就只有聖團而已。即使被人類同胞汙蔑成異端宗派，受到眾人怨恨，她們也沒有扭曲那樣的主張，更沒有忽視過去，還打算償還本身的罪過——正因如此，鬼族之王才會將『炎喰蛇』託付給她們！」

雫梨帶著滿懷驕傲的表情，毫不猶豫地揮下深紅長劍。

鬼族是瀕臨滅絕危機的魔族。雫梨也從小就失去家人，至於她自己，即使在任何時候喪命都不足為奇。

而聖團的修女騎士們救了這樣的她。

於是雫梨便與她們一起生活，並且自己選擇了要成為最後的修女騎士這條路。

「閉嘴……！」

伊色亞強行扳回雫梨的劍，但雫梨不停止攻擊。

「以結果而言，或許聖團的行為加快了鬼族的滅亡。可是，當盜獵者和奴隸商人們看上尖角而打算將鬼族狩獵殆盡時，肯為鬼族奮戰的人就只有聖團而已！」

「我叫妳閉嘴！」

「而妳卻憎恨聖團，還為了折磨與此無關的人們，就想要消滅聖域條約。我不容許那種事。身為聖團的最後一名修女騎士，我會阻止妳！」

「臭丫頭！」

伊色亞粗暴地踹向雫梨的側腹，雫梨若無其事地承受。骨頭發出異響，痛苦地發出呻吟的反而是伊色亞。

直到此時，伊色亞總算才發覺雫梨頑強過人的玄虛。雫梨稱作修女騎士之護的力量，其實是由魔力形成的活體屏障，恐怕連她本人都沒發現自己無意識地設下了這層保護。

原本就具備堅韌肉體的鬼族沒理由要特地用活體屏障——氣功術護身。然而，被人類扶養長大的雫梨自然而然就學會了那項技術。

雫梨既是鬼族，也是正統的聖團修女騎士。伊色亞首度真切地體會到這樣的事實。

「——其獠牙乃是替我等斬除黑暗之光，其吐息為辟邪之焰。」

當著動搖的伊色亞眼前，雫梨肅穆地唱誦禱詞。

波狀利刃的長劍被深紅輝芒包裹，懷著自爆覺悟從零距離釋出魔力。伊色亞沒有活體屏障，就沒有手段防禦。

「妳……！」

「尊駕名喚噬炎之蛇。生自聖女靈魄，是為不滅之刃——」

雫梨將全副魔力灌注於劍刃，將深紅長劍揮下。

閃光之刃掠過伊色亞耳邊，將藍色彎刀震飛。集中於一點的魔力之刃砍穿購物商場天花板，混凝土碎塊接連砸落，用水管路裂開，水花四濺。

爆壓席捲肆虐，鼓膜為此叫痛。噴出的鮮血濡濕了伊色亞肩膀。

但是，伊色亞受到的傷害只有如此。僅有肩膀中了淺淺一劍的她茫然地杵著不動。因為在長劍將她身軀斬斷的前一刻，雫梨改變了劍刃的軌道。

「……妳為何……沒有殺我？」

伊色亞失去了武器，還帶著出神般的表情問道。

「為什麼我非得殺妳不可？」

雫梨瞥了承認落敗而失去戰意的伊色亞一眼。

自己憎恨雫梨，殺意畢露地找她發洩，雫梨卻根本沒有把自己看成該打倒的敵人。伊色亞理解到這一點。

雫梨並沒有瞧不起伊色亞。對自稱聖團修女騎士的雫梨來說，伊色亞不是敵人，而是該保護的魔族之一。

雫梨提倡的聖團理念絕不是只有嘴上說得好聽，她親身對伊色亞證明了這一點。

「我沒有時間再繼續跟妳鬥。假如妳罷休了，請乖乖把路讓——」

雫梨調適好紊亂的呼吸就走過伊色亞身邊，打算往通道深處走。

原本默默望著的伊色亞突然有所警覺地抬起臉。接著她推開雫梨的肩膀。

「唔！妳、妳做什麼……！」

儘管雫梨一個踉蹌，還是站穩了腳步瞪向伊色亞。

她臉上沾到了溫熱的液體。是伊色亞濺出的深紅液體。

伊色亞仍維持把雫梨推開的姿勢，緩緩地就此倒下。

她穿的白袍裂開一大片，染上噴出的鮮血。目不可視的巨大利器無聲無息地將伊色亞砍傷了。

「什……！」

雫梨扶住倒下的伊色亞，說不出話了。

萬一沒被伊色亞推開，被砍傷的肯定會是雫梨。伊色亞救了雫梨。

「末日教團……？他們的人還在嗎！」

優乃打倒了最後一頭未確認魔獸，並且趕到雫梨身邊喊道。

伊色亞背後，昏暗通道的深處有道新的人影站在那裡。是穿西裝的高個子男性。

以人種來說屬於亞洲人，但他皮膚白皙，還有張彷彿時時都在微笑的面孔。

揮下無形利刃想砍傷雫梨的人就是那名男子。

「不……他不屬於末日教團。」

琉威舉起咒術投射機，發出驚呼。一向冷靜的他聲音在發抖，因為新露面的男子就是如此意外的人物。

「Magna Ataraxia Research總帥……夏夫利亞爾・連……！」

琉威道出男子的姓名。

但雫梨沒能將他的話聽到最後。因為目不可視的利刃被揮下，再次朝雫梨等人來襲。

原本雫梨想靠魔劍釋出的魔力來承受攻擊，敵人的無形斬擊卻輕易穿透了「炎喰蛇」的劍刃。無形斬擊的真面目乃是跟魔力有所不同的未知力量。

倒地不起的伊色亞又被砍傷背部，濺出鮮血。

目睹那一幕，雫梨內心的某條思緒迸斷了。

「啊……啊啊啊啊啊啊啊啊啊！」

雫梨揮舞深紅魔劍，朝著冷冷微笑的男子直衝而去。

就在隨後，從微笑的男子——夏夫利亞爾．連背後出現了無數有腳戰車。ＭＡＲ的有腳戰車部隊槍口全指向雫梨。

「不可以，班長！快退後！」

「雫雫！」

琉威和優乃放聲大叫。

戰車部隊的對人機槍發出槍響，逐漸抹去他們的叫聲。

2

「——『雪霞狼』！」

金髮少女身上瀰漫的寒氣之霧被銀色閃光斬除。

在帶有魔力的狂風呼嘯中，奧蘿菈面露訝異之色，凝望著為了救自己而衝上來的雪菜。

而雪菜回頭看向吸血鬼少女，短短地露出一瞬的微笑。

保護奧蘿菈並不包含在雪菜原本的任務之內。要阻止「焰光之宴」，最確實的方式就是將她消滅。

除非有人解開奧蘿菈的封印，不然就無法阻止「焰光之宴」。雪菜正要做的事情，或許只是把決斷推給了古城而已。

即使如此，事情還是應該由古城做決定。倘若「吸血王」帶走奧蘿菈，迫使「焰光之宴」發生——唯有這種狀況是絕對不容許的。

「請妳退下，姬柊雪菜。我不想傷害妳。」

「吸血王」望著保護奧蘿菈的雪菜，發出警告。

他所求的是將第四真祖拱為恐怖的象徵。雪菜身為古城的「血之隨從」，就是為此而生的寶貴戰力。對「吸血王」來說，雪菜的存在只有這點價值。雪菜要無視警告敵對相向，他就沒有理由手下留情。

「雪菜……！」

奧蘿菈朝雪菜開口呼喚。別管自己，快逃吧——她是這麼表達的。

「不要緊。因為，我一定會送妳到曉學長身邊！」

雪菜毫不猶豫地搖頭，並拒絕奧蘿菈的呼喚。

「別這樣，姬柊學妹……！」

矢瀨受到狂風擺弄，一邊拚命喊道。唯里負傷倒下，志緒也只能留在原地以免被吹走。

在「吸血王」的眷獸影響下，只剩有「雪霞狼」以神格振動波保護的雪菜能正常行動。

「沒辦法。我感到很遺憾。」

「吸血王」淺淺地嘆氣，並且舉起了右手。

他那副模樣讓雪菜有了明確的不協調感。可是，在弄清那種不協調感之前，「吸血王」的眷獸便發出嘶吼。

漆黑雙角獸朝雪菜踩下巨大的獸蹄。

雪菜刺出銀槍，迎面接下獸蹄。

被暴風籠罩的魔力聚合體，其威力與身為世界最強吸血鬼的第四真祖眷獸同等。

原本來講，就算靠七式突擊降魔機槍的魔力無效化能力，也不是硬碰硬能鬥過的對手。

然而，雪菜灌入了超越人類極限的龐大靈力，硬是把那化為可能。

從雪菜背後張開的光之翼將雙角獸的巨軀扳了回去。

「模造天使(Faux-Angel)的能力嗎？」

「吸血王」發出驚嘆的嘀咕，餘裕從他的說話聲裡消失了。以無窮魔力為傲的吸血鬼明顯流露出焦慮，這並不搭調。

不過，在缺乏餘裕這層意義上，被逼入絕境的反而是雪菜。

即使催發出超越極限的靈力，也才總算跟「吸血王」的一頭眷獸鬥得平分秋色。而「吸血王」身為第四真祖的試造品，統率著十二頭眷獸。

「——當即現身，『始祖之琥珀（Primus Succinum）』！」

「吸血王」現出了苦澀的扭曲表情，並召喚第二頭眷獸。

漆黑熔岩從人工大地噴發出來，化成了巨大牛頭神（Minotaurus）的模樣。

「唔！」

雪菜的目光因絕望而閃爍。牛頭神朝著無法動彈的雪菜高舉巨大的戰斧。

不忍再看下去的奧蘿菈衝上前，再次讓全身瀰漫純白霧氣。她打算解放體內的眷獸。

而奧蘿菈的動作忽然停下了。因為她背後響起驚人巨響。

那陣巨響好似優美精緻的樂音，或者也好似無數人們的哀號。

「——極光的炎駒、煌華的麒麟，汝統天樂及轟雷，乃披憤焰貫射妖靈冥鬼之器！」

少女以澄澈嗓音奏出禱詞。

巨大魔法陣的光芒在雪菜等人頭上蔓延開來。

那就像砲身一樣重重交疊，並且以驚人之勢將高密度的咒力閃光吐射而出。用嚆矢轟鳴聲代替咒語，規模非同小可的咒詛砲丸。

「六式重裝降魔弓的咒術砲擊……！是煌坂嗎？」

志緒亮起眼睛抬頭仰望。

手握銀色西洋弓的煌坂紗矢華就站在半毀的倉庫屋頂上。

她的六式重裝降魔弓是獅子王機關的制壓兵器，瞬間輸出的咒力強度，可比大規模的儀式魔法。

而「吸血王」的眷獸們直接挨中咒術砲擊後，也發生了異象。它們化成鮮血之霧，溶於虛空似的消失了。

唐突得讓人聯想到魔力枯竭的消失方式。

「趕上了！妳沒事吧，雪菜！」

馬尾飄逸的紗矢華縱身來到地面。「吸血王」的眷獸消滅，呼嘯肆虐的狂風也停歇了。

「紗矢華……妳怎麼有方法來絃神島？機場不是關閉了嗎……」

雪菜為再會慶幸了片刻，然後就一臉納悶地問紗矢華。

紗矢華卻像是想起了什麼厭惡的事情，板著臉回答：

「呃～那些之後再說……重要的是剛才那些眷獸的宿主在哪裡？那傢伙就是『吸血王』吧？」

紗矢華一邊取出新的咒箭一邊正色環視四周。

「妳連敵人長相都不曉得就出手攻擊了？」

志緒搖搖晃晃地站起身，還用傻眼般的目光看了紗矢華。

紗矢華氣惱的噘起嘴說：

「那我都有查清楚啊……總不會是那個小不點吧？」

「小不點？對方的外表確實還是個少年……」

志緒說著瞪向金髮少年，接著便無言以對了。

「……！」

雪菜和奧蘿菈也同時倒抽一口氣。

因為「吸血王」位於黑暗中的身影明顯小了兩圈。

此刻的他正痛苦地呼吸，並且單膝跪地。

尺寸變不合的燕尾服從肩膀滑落一半。汗水從少年額頭冒出，沿著臉頰滴落。漆黑霧氣休休作響，由他的肉體向外噴發。管不住的魔力正在流洩。

「『吸血王』……變年輕了……？」

雪菜想通了從「吸血王」外表感受到的不協調感是什麼。

最初相遇時，他是個跟雪菜幾乎同齡的少年。

可是在領主選鬥開始後，雪菜卻覺得再次見面的「吸血王」比當時年幼。今晚的他又變得更小，而且目前還持續在返老還童。

「難道是召喚眷獸的影響……？」

雪菜察覺到少年出現異變的原因，嘀咕了一句。

「吸血王」——第零號的「焰光夜伯」具有跟第四真祖同等的力量，卻被稱作失敗品。理由就在於他現在的模樣。

他承受不住吸血鬼真祖擁有的「負之生命力」，肉體仍持續返老還童。他並非不老不死，而是以幼兒化取代變老，這樣遲早會完全消滅才對。因此，他才放棄親自稱王，還想把職責託付給古城。

「妳們……看見了吧……！」

「吸血王」一邊痛苦地吐氣，一邊瞪向雪菜等人。

他的時間已經所剩無幾，越是戰鬥，越會失去力量而逐漸變弱。古城一旦得知真相，「吸血王」就沒有勝算了。

要讓領主選鬥繼續，他只剩下一種方法——將在場所有人滅口。想保住祕密唯有此途。

「克雷多！」

「吸血王」叫了守在他身後的使徒名字——戴著仿蜥蜴頭骨面具的男子。

面具男子默默點頭以後，隨即朝雪菜等人的方向疾衝而來。

「吃我這招！」

紗矢華上前迎戰。她將銀色西洋弓變形成長劍，並以居合術的要領拔刀砍向男子。雪菜見狀就神色僵凝，因為紗矢華還不曉得面具男子的底細。

「不行，紗矢華！那個使徒是……！」

「咦……！」

跟面具男子出招對轟的前一刻，紗矢華詫然睜大了眼睛。

因為男子全身被熔岩般的灼熱火焰籠罩了。

仿頭骨的面具裂開，男子的長袍在一瞬間燃燒殆盡。本就高大的身體膨脹了好幾倍，並且化成巨龍的模樣。

「我……我可沒聽說有龍族……！」

紗矢華擋不住他的衝鋒，質量差距太大了。灼熱吐息灑落，光是用模擬空間斷層的屏障防禦就費盡心力。

被赤銅色鱗片包覆的龍尾則從旁邊掃向了雪菜等人。

面對不具魔力的物理性攻擊，雪菜的「雪霞狼」完全沒有對抗能力。即使全力運行體能強化咒，頂多也只能躲開。

於是龍族伸出巨大的前肢，不出聲響地抓住呆立原地的奧蘿菈。

「奧蘿菈！」

龍展開巨大的翅膀飛上空中。

既然奧蘿菈被挾為人質，紗矢華就無法使用咒術砲擊。雪菜等人已經一籌莫展。

「很遺憾。沒想到第四真祖會在這種形式下喪失血之伴侶……」

「吸血王」瞪著心急的雪菜等人並嘀咕。

雪菜看見他為了召喚眷獸而高舉右手，心中為之戰慄。

「雪菜？」

紗矢華納悶地回望停住不動的雪菜，但雪菜什麼也沒有回答。她的眼裡浮現恐懼之色，好似石化一樣停下動作。

獅子王機關的劍巫會一邊洞穿片刻後的未來一邊作戰。

預判對手行動，進而閃避致命性攻擊，並選擇有利的未來。正因如此，體能上吃虧又身材嬌小的雪菜才能跟魔族鬥得難分軒輊。

可是此時此刻，未來視能力卻將絕望擺到雪菜面前。

在這之後，不滿一秒的未來，「吸血王」將會把保有的眷獸全部解放。雪菜的未來就此斷絕。無論雪菜採取怎樣的行動都無法防阻「吸血王」接下來的攻擊。紗矢華、志緒、唯里還有矢瀨，在場所有人都會絕命。結局無從改變。雪菜能選的未來分歧點全都通向絕望。

可是，在雪菜的心被絕望蓋過之前，她覺得自己聽見了某個人的聲音。

未來並非望之能及，而是開闢出來的——

雪菜想起閑古詠的話。她能看見的未來只有絕望，沒有回避的分歧點可選。

既然如此，她只能自己創造，創造理應不存在的未來——

「啊啊啊啊啊啊啊啊啊啊啊啊啊——！」

別過於依靠靈視（眼睛）——緣堂緣的這句教誨浮現於腦海。

洞穿不存在的未來、於不存在的未來中行動。兩者之間並沒有本質上的區別。假如能夠知覺到，照理說就可以予以實現。

彷彿在已經裝訂成冊的書本裡強行夾入不存在的頁數，在連續的時間之流中，將不存在的片刻穿插進去。

趕在「吸血王」發動攻擊之前就將他打倒。透過絕對的先制攻擊權——

「什……」

「吸血王」茫然望著自己被斬斷的右臂。

宛如世界發生破損的雜訊響起後，時間之流又變回常態。

「吸血王」為召喚眷獸而吐出的龐大魔力如幻覺般消失了。「雪霞狼」的魔力無效化能力將他的魔力抹消掉了。

「姬柊雪菜……妳，做了什麼……！」

「吸血王」回頭看向好似瞬間移動出現在自己身後的雪菜。

雪菜仍手持銀槍，彷彿什麼事都沒有發生過地站在那裡。雪菜出手攻擊他的時間並不存在，留下的，只有攻擊過的結果。

「雪菜（小雪）……」

「這種能力……該不會……是閑大人用的……」

唯里和志緒一臉難以置信地望著雪菜。她們身為獅子王機關的一員，都看得出雪菜創造的奇蹟有何玄機。

「『寂靜破除』……！」

紗矢華的聲音震驚得發抖。那就像導火線一樣，讓「吸血王」放聲慘叫。

「唔……啊啊啊啊啊啊……！」

從「吸血王」被斬斷的右臂有青白色光輝如火焰般往他的肩膀逐漸擴散。「雪霞狼」的神格振動波正在侵蝕吸血鬼的肉身。

「克雷多！快走！帶著姊姊——」

「吸血王」朝盤旋於上空的龍喊了出來。就算多少負傷，他們也要達成將奧蘿菈帶走的目的。但……

「休……想……！」

伴隨低沉而聽似蒼老的說話聲，從地上發出鐵灰色的光芒。

那道光纏向龍頸，令打算飛離的巨龍身軀一陣搖晃。光芒的真面目是堅韌鋼索。纏住龍頸的鋼索收緊捲起，有個身穿甲冑的劍士疾飛沖天。劍士的右手握著超乎尋常的雙手巨劍。

赤銅色巨龍朝劍士噴出火焰。縱使甲冑再堅固，理應也承受不住灼熱的吐息。

「沒用……的！」

劍士卻若無其事地鑽過那道火焰，揮下巨劍。樣似鐵塊的厚實劍刃輕易斬斷了覆有堅韌龍鱗的表皮，龍痛苦地發出咆哮。

左翼被人從根部斬斷將近一半，龍頓時從天而墜。奧蘿菈被那陣衝擊甩了出去，然後就滾到地上昏厥了。

全身披甲的男子降落在地面之後，又舉劍備戰。

雪菜知道那名男子的身分。

「你是……監獄結界的逃犯……！」

「布魯德．丹伯葛萊夫……！屠龍者(Georgios)一族怎會……？」

「吸血王」瞪著男子，恨恨地發出驚呼。好像就連他也沒有料到會有這樣的人物闖進來攪局。

甲冑男子——丹伯葛萊夫則是看都不看倒在地上的奧蘿菈和「吸血王」，只顧朝著墜落的龍接近而去。

「何須廢話……我求的，只有抹殺一切龍族……！」

男子高高舉起巨劍，朝著龍的側腹猛劈。

屠龍者一族的後裔，布魯德・丹伯葛萊夫曾是受僱於西歐教會的傭兵，是只專精於戰鬥的異端辟魔師。然而，異常執著於抹殺龍族的他卻在戰鬥的過程中毀滅了好幾座城市，不知不覺就落得被當成大罪人追捕的立場。後來透過南宮那月之手，他被關進了監獄結界裡。

而現在，丹伯葛萊夫卻現身於人世，還跟末日教團的使徒挑起戰鬥。可以想見的理由只有一個。

「『空隙魔女』，虧妳用上了這種手段……！」

「吸血王」焦躁地咬牙切齒。

丹伯葛萊夫活著的目的只為打倒龍族。雖然他並不是值得全面寄予信賴的人，但既然雪菜等人與龍敵對，他無疑會是可靠的援軍。

末日教團的使徒中有龍。那月應該是察覺到這點，就故意將丹伯葛萊夫放出監獄結界。

在打倒龍族這一點上，丹伯葛萊夫和那月還有雪菜等人的利害關係是一致的。

「真難看……呢，『無』。」

屈辱得皺起臉的「吸血王」背後傳來嘲弄般的笑聲。

穿著富麗禮服的嬌小人影在深紅霧氣環繞下現身了。

紫色長髮，端正臉孔與白淨肌膚，全身還帶著足以凌駕「吸血王」的驚人魔力。

「『滅絕之瞳』……艾索德古爾．亞吉茲……！」

吸血鬼少年畏懼似的後退。

雪菜等人交戰的地點是在第二真祖的領地之內。一旦戰鬥拖長，「他」會現身就絕非令人意外的事情。

不，恐怕那樣想就順序相反了。

第二真祖正是在等「吸血王」現身於自己的領地，還利用奧蘿菈將「吸血王」引出來。

「把第十二號逼得走投無路，想必你就會出現……喲。」

艾索德古爾露出長長的純白獠牙，然後微笑。

只要奧蘿菈陷入困境，「吸血王」必定會來救她。因為要引發「焰光之宴」，就不能讓奧蘿菈解放她身上的眷獸。

艾索德古爾明白這一點。正因如此，才刻意放走志緒和奧蘿菈，然後處處追殺。接著更煽動唯里，想讓她起意殺害奧蘿菈。

一切都是「他」為了引蛇出洞而對「吸血王」用上的策略。

「畢竟領主選鬥結束得太快也令人困擾，我本來是想放過你的……但我改變主意了……喲。『無』——你終究是缺陷品，無法承受自身負之生命力的失敗作……喔。實在醜陋……呢。」

第二真祖俯視幼兒化越漸加劇的「吸血王」，刻薄地微笑了。「吸血王」似乎懾於「他」的殺意，便伸出左手。

「唔──『始祖之黃金（Primus Aurum）』！」

「這樣子好……嗎……你還用那副身軀召喚出眷獸……啊？」

艾索德古爾嘴邊現出嫣然笑容。從「他」全身噴出的鮮血之霧化成一群巨大的野獸。

「甦醒過來……吧，『死滅之軍勢（Battalion of Death）』……！」

第二真祖喚出的眷獸是十幾頭體長超過十公尺的巨大肉食恐龍。它們全都露出獠牙，並且撲向「吸血王」的眷獸。

第二真祖艾索德古爾・亞吉茲的眷獸真面目是大群亡靈。在遠古時期滅亡的恐龍，其種族的怨念本身就是一頭眷獸。

「唔……啊啊啊啊啊啊啊啊啊！」

「吸血王」發出了痛苦的慘叫。

貪婪的大群肉食恐龍在啃咬雷光環身的漆黑獅子，漆黑獅子為了修復肉體，就要從宿主「吸血王」身上吸取魔力。

「吸血王」衰弱的肉體承受不住魔力如此消耗，致命的還童效應一舉加速。

「──當即現身，『始祖之銀霧（Primus Cinereus）』！」

被逼急的「吸血王」召喚了第二頭眷獸。

然而，那並不是用來對抗第二真祖。「吸血王」溶於漆黑甲殼獸吐出的霧，身形逐漸消失。他判斷自己勝不過艾索德古爾，便企圖逃走。

「可惡……重氣流軀（Aerodyne）！」

為了將漆黑霧氣吹散，矢瀨操控大氣捲起強風。大概是眷獸本體已經遠離的關係，霧輕易地散去了。

可是，「吸血王」的身影也同時消失了。另外還有一個人——

「奧蘿菈……？妳在哪裡，奧蘿菈！」

志緒看了一圈被破壞的倉庫裡頭，並且大叫。

原本志緒是想讓失去意識的奧蘿菈到安全處避難。然而，奧蘿菈卻從志緒的臂彎中忽然消失了。是「吸血王」把她帶走的。

「遺憾……被他逃走了……呢。」

艾索德古爾撥了撥紫色秀髮，掃興似的這麼說道。

屠龍者一族的男子跟龍族仍在搏鬥，但是艾索德古爾對他們之間的戰鬥完全不感興趣。

如今「吸血王」已經溜了，他們再打也沒有任何意義，對雪菜等人來說亦然。

「不過，沒關係……喲。『無』根本沒有地方能逃了……喔。剩下的，呵呵……就交給第四真祖吧。」

「交給曉學長……？」

艾索德古爾若有深意的嘀咕使得雪菜表情凝重。「他」對古城的行動知道些什麼。

「那是什麼意思，姬柊雪菜？曉古城現在人在哪裡？」

志緒帶著困惑的表情問雪菜。

而紗矢華回答了她的問題。

「要找曉古城的話，他去基石之門了。」

「妳說什麼……！」

志緒訝異地瞪了紗矢華。

「為什麼妳沒有阻止他！現在古城的身體……都已經……！」

唯里淚汪汪地逼向紗矢華。

她不惜起念殺害奧蘿菈，就是為了阻止「焰光之宴」發動。然而，古城要是在末日教團占領的基石之門跟使徒們交戰，「宴席」的發生機率就會飛躍性增長。

「呃，這樣啊……原來香菅谷學妹在基石之門嗎？古城是去救她的吧？」

矢瀨用冷靜的語氣向紗矢華確認。

紗矢華依舊無言地微微點了頭。為了援救跟未確認魔獸接觸的雫梨，古城將奧蘿菈交給

紗矢華來救，自己則去了基石之門。

「香菅谷學妹……？你是指香菅谷雫梨嗎！她該不會打著讓領主選鬥結束的主意……」

志緒困惑似的驚呼。

要防止「焰光之宴」又不殺奧蘿菈，就只有盡速讓領主選鬥完結。

為了實踐任誰都覺得不可能而放棄的那項方法，雫梨才會到基石之門一闖。正因為這樣，古城不能置她於不顧。

而且，巧的是「吸血王」也帶著終結領主選鬥的另一關鍵——第十二號奧蘿菈，逃到了基石之門。

既然如此，那裡肯定會成為了結領主選鬥之地才對。

沒錯。不管迎接的將是何種結局——

「學長……！」

雪菜緊握銀槍，將視線轉向基石之門。

蓋在絃神島中心的雄偉建築物正靜靜地佇立於黑暗當中。

3

古城趕到基石之門後，目睹了幾乎要占滿通道的兵器殘骸。眾多的軍用武裝警備器，還有對付魔族的有腳戰車。全是ＭＡＲ製造的最新款。

撥開那些殘骸往前進，古城就看見了一對認識的搭檔。正在跟存活的警備器展開激戰的那兩個人是琉威和優乃，香菅谷班的前隊友。

「宮住！天瀨！」

「曉同學？你怎麼會來這裡？」

琉威原本舉起了手槍型咒術投射機瞄準，這才愕然地回望過來。既然他們都在幫雫梨的忙，當然也知道古城的處境才對。明明他們是為了不讓古城動用魔力而奮戰，最關鍵的古城本人卻出現在戰場，也難怪琉威會吃驚了。

但是由古城看來，琉威和優乃會在這裡才是出乎意料。

「城城，你快逃！」

優乃朝著疑惑的古城大叫。

回頭望去的古城視野裡有異形浮現身影。那是成群的未確認魔獸。古城雖不清楚詳情，但琉威他們似乎同時在對付ＭＡＲ的無人戰鬥兵器和未確認魔獸。

「不……得救了。幸好有魔獸(你們這些傢伙)在這裡！」

古城瞪著逼近的魔獸，凶狠地微笑了。

而古城的背後出現了搖曳如火焰的漆黑之翼。它們像具有意志的生物般抽裂大氣，將那些魔獸的龐大身軀一塊貫穿。

那些被串起來的魔獸猛烈地掙扎咆哮。

「哇，好帥，那些翅膀是什麼……？城城，是你的品味嗎？」

「沒有人會讓自己長這種東西還當成品味的啦！」

儘管優乃不著邊際的感想讓人聽了有點無力，古城仍繼續展開漆黑之翼。

生命力接近於不死之軀的未確認魔獸們急速衰弱後，開始從細胞瓦解。古城的翅膀正在吸收牠們蓄積的魔力。

補充缺乏的魔力，藉此盡量延後「焰光之宴」揭幕——沒想到未確認魔獸的出現竟然對古城產生了有利的效應。

同時，敵方數量減少，也讓琉威和優乃有了餘裕。兩人一舉站到優勢，接二連三地將MAR製的那些無人兵器摧毀。

MAR這麼明目張膽地牽涉到占領基石之門，讓古城驚訝得都傻眼了。雖然在未確認魔獸出現時就看得出來，但對方似乎連藏都不用藏了。

「卡思子呢？她沒跟你們在一起嗎？」

古城朝繼續戰鬥的琉威他們問。琉威則一邊亂射咒彈一邊回頭說：

「我們被分隔開來了。班長一個人在跟ＭＡＲ的總帥戰鬥。」

「ＭＡＲ的……總帥？」

古城目瞪口呆。有那種大人物親自駕臨基石之門，如此的真相實在讓他難掩動搖。

「你先走，城城！去幫雫雫的忙！」

優乃踹開警備器說道。

「我明白了，剩下的交給我！」

古城對他們倆這麼說完，就往基石之門裡面跑。有意擋路的ＭＡＲ製無人兵器則用漆黑之翼掃蕩。

「剩下的交給他是嗎～……城城變得還真可靠。」

優乃目送古城的背影，感慨深刻地瞇細眼睛，表情宛如母親守候孩子成長。

「說得是。既然這樣，我們該做的就是確保退路──實在有點吃力吧。」

琉威從天花板的裂縫仰望天空，然後微微地冒出嘆息。

ＭＡＲ的運輸直升機正隨著轟鳴聲從天而降。它們恐怕運了增援的無人兵器過來吧。從這樣的舉動可以感受到無論發生什麼，ＭＡＲ都不會讓人把基石之門奪回去的強烈意志。

相對地，琉威的咒彈已經差不多見底，優乃的體力也到了極限。若是錯判撤退的時機，

別說確保退路，最糟的情況下甚至有可能全軍覆沒。

然而，當琉威百般糾結地凝望到一半時，降落中的運輸直升機突然冒出火焰。零件隨轟焰撒落，直升機逐漸搖搖晃晃地打轉著往運河下墜。

「咦？怎麼會……？」

優乃詫異地眨了眨眼睛。

而她的獸耳有所感應，頓時抖了一下。

在琉威等人背後，基石之門入口的方向有群眾的聲音傳來，還有爆炸聲與槍聲。而且也感覺得到吸血鬼召喚眷獸，以及魔法的動靜。

「這是……」

琉威和優乃看了彼此的臉。

原本散落於絃神島的魔族領主人選們從入口一起蜂擁進來。他們察覺到基石之門的狀況有異，就像合謀過一樣陸續集結於此。

不曉得他們有何目的。是為了讓自己成為領主選鬥的贏家？還是為了將末日教團攆出去好讓爭鬥結束？或許那些人純粹想趁著形勢有利，盡情大鬧一番而已。

然而唯有一點是可以肯定的，那就是MAR再怎麼神通廣大也擋不住他們這波攻勢。

領主選鬥正開始邁向完結，毋庸置疑。

4

彷彿遭到捶打而稍稍下陷的通道底部，香菅谷雫梨倒在那裡。

半個人幾乎已經埋在瓦礫之中，模樣悽慘。她的外套到處都燒焦了，簡直不留原形，底下的制服也破破爛爛。

「卡思子！」

古城徒手撥開瓦礫，將倒地的雫梨抱了起來。他粗魯地抓著癱軟的雫梨猛晃，還在她耳邊呼喚：

「卡思子！喂，卡思子，振作一點！」

「……我的名字是香菅谷雫梨．卡思緹艾拉……誰叫卡思子啊……！」

雫梨蹙起眉頭，並且不悅似的睜開眼睛。跟破得不堪入目的衣物呈對比，雫梨本身幾乎沒有受傷，頑強程度依舊讓人傻眼。

「妳沒事嗎，卡思子？」

「當然了……我有聖團的修女騎士保佑……唔！」

當雫梨搖著頭打算起身的瞬間，從某個地方就「唰」地發出了布料撕裂的聲音。被卡在瓦礫的她不知道是鉤環還是拉鍊迸開了，裙子毫無阻力地直接滑落下來。

呀啊啊啊啊啊啊——雫梨發出野獸般的慘叫，當場蹲到地上。

古城馬上把臉轉開，她便含淚瞪著他問：

「你、你看見了對不對！」

「是妳自己扯破的吧！」

「嗚嗚嗚……」

雫梨撇嘴，把裙子拉上來，然後硬是用劍帶纏在腰際。雖然裙襬短了一大截，但是要掩飾也還過得去的狀態。

「哎，總之幸好妳沒事。看妳好像也沒有受到多大的傷。」

「這根本不叫沒事，而且由你說出口就讓人聽了覺得下流。」

雫梨仍然按著裙襬，不悅似的回嘴。

為什麼啦——古城齜牙咧嘴地問，接著便忽然蹙了眉。他發現有個末日教團的使徒就倒在旁邊。

看起來勉強還有一口氣，但全身遭到千刀萬剮，傷勢相當慘重。假如不是韌命的魔族，即使早早就身亡也不奇怪。

「她是？妳下的手嗎？」

「不，並不是我。」

古城困惑地問道，雫梨便帶著凝重的表情回答。

「可是，這個鬼族……」

「對，她是末日教團的使徒。不過，她挺身保護我免於夏夫利亞爾．連的攻擊——」

「夏夫利亞爾．連……？MAR的那個總帥？」

古城吃驚地斜眼看人。連總帥身為國際性大企業的經營首腦，是連古城也知道名字的名人。MAR總帥出手攻擊末日教團的使徒，而末日教團的使徒挺身保護雫梨。事情為何會變成這樣？古城完全搞不懂狀況。

雫梨卻沒有多說什麼，就開始為使徒急救。雖然只是用初階的治療魔法止血和癒合傷口，但本職並非治療術士(Healer)的她能力有限。

「這裡的警備器也是夏夫利亞爾．連破壞的嗎？」

「什麼？不，照理說應該……」

雫梨環顧散亂在周圍的無人兵器殘骸，說不出話了。

原本聚集過來包圍雫梨的警備器和有腳戰車，粗略一數就接近三十具。多虧有人將那些兵器全數殲滅，雫梨才幾乎無傷地逃過一劫。

無人兵器殘骸上留著的傷痕，跟重創末日教團女使徒的攻擊十分類似。彷彿被大柄刀械劈砍過，既豪邁又粗魯的傷痕。

可是，夏夫利亞爾．連身為MAR總帥，沒有理由要破壞MAR的無人兵器。

怎麼一回事啊——當古城他們歪頭不解時，通道深處響起了槍聲。緊接著，則有好似車輪在地板上摩擦的刺耳迴繞聲。無人兵器正在跟什麼人戰鬥。

「哈哈～～——！」

矮個子的人影追著後退的有腳戰車，從黑暗中衝了出來。那是一身褪流行的街頭風打扮，還留著雷鬼頭的年輕人。在他的左手腕戴著好似將囚犯上銬拴住的金色手環。古城之前有看過跟那一樣的東西。

「我說過別想逃，喂！吃我的轟嵐碎斧！」

雷鬼頭年輕人似乎興奮得臉孔扭曲，還舉起了右臂。

剎那間，彷彿中了無形的利刃，有腳戰車的機體四分五裂。

「活該！受不了，居然讓我多費手腳……！」

年輕人挺了挺肩膀，並且耀武揚威似的開口狂笑。

接著他好像總算察覺到古城這些人，就納悶地蹙了眉。而古城指著那個年輕人，忍不住叫了出來。

「你……！你是之前逃獄的……！」

「啊？還以為是誰呢，這不是自稱第四真祖的小鬼頭嗎？你現在來能幹嘛？」

呸——年輕人啐了口唾沫，並且狂妄地反問。

他的名字是修特拉．D，於去年的闇誓書事件之際，從監獄結界脫逃的囚犯之一。修特拉跟紗矢華交手而落敗後，就被帶回監獄結界，之後他應該都在南宮那月的監視之下。

「古城，你跟這個沒水準的男人認識？」

雫梨繼續替鬼族女子治療，一邊不悅地板起臉孔。

「呃，倒也不算認識啦……」

「啥？妳這醜八怪是怎樣，想跟我打嗎！」

修特拉打斷講話不乾不脆的古城，開口就朝雫梨吼。

叫我醜八怪——雫梨無言以對。儘管已經氣得太陽穴微微抽搐，即使如此，雫梨仍用超凡的努力自我克制地問：

「救、救了我的人，是你嗎？」

「啥？妳是什麼東西？我只是把礙我好事的那些爛貨轟走，誰管妳的死活，蠢材。」

「蠢……蠢材……？」

「你怎麼會在基石之門裡面遊走？」

趁雫梨還沒抓狂發飆，古城急忙向修特拉確認了一聲。

修特拉則是嫌煩似的回望他說：

「我是來痛宰夏夫利亞爾那個臭傢伙的啦。這趟外出有得到令人不爽到極點的『空隙魔女』允許。」

「臭小偷？」

「總帥～～？還真是偉大的頭銜，憑他那種臭小偷也配。」

「夏夫利亞爾？你是說MAR的總帥夏夫利亞爾．連？」

古城用疑惑的表情問道。修特拉厭惡地點頭說：

「對啊。夏夫利亞爾．R（連）跟我一樣，是『天部』的倖存者。」

「『天部』？古代眾神的後裔嗎……？就憑你？」

雫梨呆愣地睜圓了眼睛。修特拉不耐煩似的齜牙咧嘴說：

「怎樣！妳有什麼意見嗎！」

「……同樣是『天部』的倖存者，你為什麼要殺他？」

古城對他們這些詞快要聽膩，還是繼續問了下去。修特拉和雫梨每講一句都要吵，事情完全談不出進展。

「我不就說那傢伙是臭小偷了嗎？」

修特拉粗魯地踏碎腳下的瓦礫。

「夏夫利亞爾．R是搶走『天部』遺產來到地上的反叛者啦。我們為了討回東西，一直在追那傢伙。結果活下來的只剩我一個，而我把礙事的傢伙一律殺光以後，不知不覺就被人當成罪犯了。」

「……『天部』的遺產？」

修特拉的自白讓人意想不到，勾起了古城的興趣。

然而，修特拉卻像是自責多嘴地咂嘴說：

「你們這些原始人就算想破頭，也模仿不了天部用超高端魔法製造出來的爆強魔具啦。其他的我就不說了。」

「我看連你自己也沒搞懂吧？」

雫梨擺了白眼反問回去。修特拉活像被人戳破一樣悶哼說：

「要妳管啊，白痴加三級～～！算了，現在不是應付你們的時候，我要走啦。第四真祖，你可別來攪局。假如你敢多事，我就從你開始扁。」

修特拉對古城他們虛張聲勢，消失在基石之門通道的深處。古城感到莫名疲倦，深深地嘆了氣。

「那個沒水準的男人是怎樣嘛……！」

雫梨帶著明顯不高興的態度大大地鼓起腮幫子。

古城則苦笑著聳聳肩說：

「不過，那傢伙講的大概是真的，要不然，那月美眉不可能放他自由。況且我也聽說過，ＭＡＲ身為魔導企業會突飛猛進，就是用了『天部』的技術。再說，這樣ＭＡＲ總帥跟『吸血王』搭上線的理由也能得到說明。」

「『吸血王』……這麼說來……也對呢。」

雫梨壓低聲音嘀咕了一句。「吸血王」跟第四真祖一樣，是人工造出的吸血鬼。而造出他的就是「天部」的人們。

假如夏夫利亞爾．連是那些古代超人類的後裔，他會知道「吸血王」的底細便不足為奇。讓人不明白的就只有夏夫利亞爾．連打算利用「吸血王」的目的。

應該要隨著修特拉追過去確認，還是先帶雫梨回據點才對——怎麼辦？當古城如此自問時，突然間從頭上傳來了奇妙的啼聲。

高亢得像是少女在呼喊的魔獸嚎叫聲。

「姐～～！」

從基石之門的天花板裂縫，鐵灰色飛龍拍動巨大的翅膀從天而降。雫梨見狀，嚇得瞪大了眼睛。

「……龍、龍族……？」

「慢著，卡思子！那傢伙是——」

古城制止伸手拔劍的雫梨。騎在龍背上的兩個少女都是熟面孔。雫梨察覺到這一點，就跟著停住動作。

「學長！」

「曉古城！你還活著嗎？」

「姬柊！煌坂……！」

雪菜和紗矢華從著陸的龍背上縱身跳下。古城確認沒有其他人騎在上面，就看似不安地握拳。

「奧蘿菈呢……！」

「她被擄走了。是……『吸血王』下的手……」

紗矢華軟弱無力地回答古城的問題，然後垂下目光。古城愕然倒抽一口氣說：

「怎……！」

「對不起。學長，我……」

「不、不是的，曉古城！雪菜沒有錯！她是想保護奧蘿菈・弗洛雷斯緹納喔！但——」

雪菜帶著小孩快哭出來似的嗓音準備告知實情，紗矢華就急著上前袒護她。

「妲！」

一點都沒錯——彷彿這麼說的鐵灰色飛龍點了點頭。

「抱歉，我的腦子開始糊塗了。」

古城用手掌按住太陽穴，閉起眼睛。奧蘿菈理應在第二真祖的領地，卻被「吸血王」擄走；雪菜理應是去殺害奧蘿菈，卻打算保護她而失敗了——是這麼一回事嗎？狀況實在太複雜，即使聽了說明也不太能理解。

「總之妳們先回答我，奧蘿菈是跟『吸血王』在一起對吧？」

「是的。照第二真祖的說法，他應該回到基石之門了。」

雪菜望著通道前方的階梯說道。

基石之門在海面底下有多達四十層的地下構造，但是要到那裡，非得通過古城等人所在的大廳這一塊才行。

換句話說，假如「吸血王」在基石之門，就是在地表上的樓層。只要沿著階梯上去，應該遲早能抵達他身邊。

「那事情處理起來就快了，謝天謝地。把奧蘿菈要回來以後，還能終結領主選鬥——這就叫一石二鳥。」

古城毅然斷言。假如毫無作為地讓時間經過，「焰光之宴」發生的可能性就會隨之變高。就算多少有危險，打倒「吸血王」讓領主選鬥完結仍是合理的選擇。

「古城……！」

雫梨繼續治療鬼族女子，並擔心地朝古城仰望而來。古城開朗地對她微笑說：

「卡思子，麻煩妳帶那個女人的先回去，叶瀨大叔應該會設法救她。葛蓮妲，卡思子就拜託妳了。」

「妲！」

被古城拜託的鐵灰色飛龍開心似的擺起巨尾。

跟MAR以及末日教團的使徒交手，已經讓雫梨的體力消耗殆盡。她應該也明白自己沒辦法繼續作戰。古城單方面的提議，雫梨難得乖乖接受了。但……

「古城！」

「咦？」

古城突然被雫梨叫住，便毫無防備地回過頭。而雫梨不出聲響地貼近古城，迅速把臉湊了過來。她柔軟的嘴脣跟古城的嘴脣緊緊相疊在一起。

古城不明白出了什麼事，還維持這樣的姿勢僵在原地。

「卡……卡思子……？」

「啊……啊……」

主動獻吻的雫梨滿臉通紅，不知所措。她本來應該只是想輕輕吻一下古城的臉頰就好，可是因為動作生疏，目測似乎就完全失準了。

即使如此，她還是故作從容，彷彿算無遺策地挺胸告訴古城：

「聖團的修女騎士賜福保佑你！要好好感謝！」

「是、是喔……」

古城望著雫梨逃也似的從身邊離去，無奈地嘆了氣。

而雪菜和紗矢華都用結凍般的無情眼神望著古城的臉龐。

5

古城一行人沿著逃生梯，逐步爬上十層樓高的基石之門。

電梯和電扶梯都停了，再考慮到被眷獸狙擊的可能性，總不能讓葛蓮妲從空中載大家過去。到頭來，沒有其他選項比走路更好。

「曉古城！那個女生是誰？為、為什麼她會吻你……？」

爬到地上八樓之後，原本始終沉默的紗矢華就突然問古城。面對她蘊藏怒氣的臉色，古

城有些疑惑地問：

「妳怎麼在生氣啊？」

「唔、唔唔！」

紗矢華大概沒想到古城會用問句回話，明顯地慌了。古城帶著十足嫌麻煩的臉色朝她瞥了一眼說：

「基本上，與其說她吻了我，那就類似施咒吧。」

「假如說是施咒就什麼都可以做，你現在切腹讓我看看靈不靈啊！」

「妳把施咒當什麼了？可怕耶！姬柊，妳也幫我講講她啦。」

古城感到困惑，盯著突然鬧失心瘋的紗矢華。

「是啊。」

雪菜被古城求助，卻一臉比紗矢華更不高興地瞪古城。

「話說學長為什麼會待在基石之門？你明白自己的立場嗎？萬一逞強以後導致『焰光之宴』發生了，你打算怎麼辦呢？」

「有意見去跟卡思子說啦。那傢伙要一個人闖基石之門，我又有什麼辦法。何況連未確認魔獸都冒出來了……」

「假使奧蘿菈的犧牲白費了，學長還講得出一樣的話嗎？」

雪菜用責備似的口氣問古城。

於是，古城這才發現雪菜生氣的理由。古城原本以為雪菜鬧脾氣是因為他優先來救雫梨而沒有先救她，然而並不是那樣。

雫梨強闖基石之門而陷入危機，某方面來講，算是她自作自受。

而古城要是為了救她就失控引發「宴席」，一切的一切都會變得無意義。無論是雫梨打算獨力讓領主選鬥結束的魯莽行動，還是雪菜不惜殺害奧蘿菈也要阻止「宴席」發動的決斷，甚至連奧蘿菈的性命也是。

古城像隻被飼主教訓的小狗一樣垂頭喪氣，還軟弱地喃喃找藉口。

「我是覺得奧蘿菈有妳陪著，所以不要緊啦。」

「咦……？」

雪菜的目光疑惑地閃爍了。她就像承受不住罪惡感一樣，按著自己的胸口說：

「可……可是，我打著……殺奧蘿菈的主意……」

「喵咪老師她們應該是那樣交代妳的啦，可是妳不可能那麼做吧。對吧，煌坂，何況還有妳陪著。」

「咦？對、對啦，就是啊。曉古城，你也會說人話嘛。」

話題突然拋了過來，紗矢華便自豪地連連點頭稱是。

雪菜臉紅歸臉紅，臉上還是現出複雜的神情，低下頭一陣子。然而，不久她就提振精神似的用力抬起臉說：

「學長，請你小心。『吸血王』之所以擄走奧蘿菈——」

「我明白。他是為了不讓我吞噬奧蘿菈，對吧？」

古城苦澀地撇嘴。

「對。因為引發『焰光之宴』就是『吸血王』所求。」

「聽妳這麼說就放心了。表示在那之前，至少奧蘿菈都是安全的。」

「是啊……」

雪菜有些訝異地揚起眉毛。「吸血王」絕不會加害奧蘿菈，他有無法加害的理由。奧蘿菈被擄，古城仍舊被逼入困境，局面卻不至於壞到極點。

「不要緊，我不會讓『焰光之宴』發生，更不會讓奧蘿菈消失。」

古城望著雪菜笑了出來。那副清新的笑容彷彿有幾分超然，讓雪菜莫名畏懼地停下了腳步。即使如此，古城仍不顧那些，繼續說：

「但是，萬一我那些眷獸失控了，姬柊，到時候妳要殺了我。」

「學長……！」

「那只有妳辦得到吧？凪沙、矢瀨、學校的眾人，與其要我奪走大家的記憶活下去，還不如被妳殺掉。所以，拜託妳了。」

古城毫無牽掛的委託讓雪菜失去話語。

雪菜是獅子王機關派來的第四真祖監視者。假如第四真祖將成為大規模魔導災害的原因，她的使命就是趕在那之前將其誅滅。

古城只是確認了這樣的事實而已，他談到的內容沒有任何奇怪之處。

可是，雪菜無法點頭答應古城的心願。

「……我……我會……」

雪菜握著銀槍的手在發抖，聲音為之哽塞。

於是在雪菜回答之前，靜靜的說話聲便從頭上傳來。

「妳不用擔心，姬柊雪菜。我不會讓那種事發生。」

雪菜警覺地抬起臉，紗矢華則反射性地舉劍備戰。

古城眼神險惡地仰望聲音傳來的方向。

長長階梯的前方，在基石之門挑空的頂樓通道上，有金髮少年的身影。

外表年齡大概在十歲左右。尺寸變不合的燕尾服已經將袖口反摺，不合身感卻到了可笑的地步。然而，他的雙眸正如火焰般發出碧藍光彩。

「『吸血王』……！」

雪菜把長槍指向少年。

「一陣子不見，你縮水得滿嚴重的嘛，『吸血王』。」

古城踏著緩緩的腳步上階梯以後，來到跟少年同一樓層。

在「吸血王」背後擺著高度約兩公尺的冰塊。

在透明冰塊中沉眠的是奧蘿菈。應是為防萬一，怕她解放體內的眷獸才予以冰封吧。儘管十分令人火大，但考慮到奧蘿菈的安全，這並不算錯誤的做法。

「還有，你那副德性可真慘。假如你肯馬上把奧蘿菈還來，然後道歉，我願意既往不咎喔。」

古城望著「吸血王」受創的模樣，挑釁地揚起嘴角。

「很遺憾，那我辦不到。因為，我沒有理由放棄舉行『宴席』。如你所見，身為失敗作的我已經餘命無多。」

吸血鬼少年自嘲似的笑了。「吸血王」喪失右臂後，並沒有再生的跡象。他身上所剩的「負之生命力」已經不足以修復傷勢。連目前像這樣對峙，魔力仍會從他的肉體消失，致死性的還童效應依然在加速。

「可是你也一樣時間不多了吧，曉古城？憑你的現狀，能克制那些失控的眷獸多久？」

古城對「吸血王」冷靜點破的癥結露出苦笑。

就算餘命無多，「吸血王」的能力仍與古城同等——不，既然有第十二頭眷獸，應該是他比較占上風。而古城如果要跟「吸血王」鬥，那些眷獸便會索求更強大的魔力，極有可能就此失控。

「原來如此……較量看是你先耗盡壽命，還是我先迎接極限嗎？我倒不討厭這種簡單好懂的解決方式。」

「真巧。其實我也是。」

「吸血王」用打趣般的口氣回話。

「不過，這樣真的好嗎？就算打倒我，你要防止『焰光之宴』就得消滅第十二號喔。」

「哦……那可不好說吧。」

古城避重就輕地搖頭。「吸血王」不悅地蹙眉，口氣還加重了幾許。

「領主選鬥還有跟其他真祖接觸，不過是開端罷了。就算你能克服這場戰鬥，遲早也會吞噬掉第十二號奧蘿菈！你自己心裡應該有數！」

「或許啦。」

「曉古城……！」

難以壓抑的怒氣從「吸血王」全身向外湧出。

「你還是要跟我鬥嗎，曉古城——就為了消滅我可憐的姊姊！既然如此，我會動用我僅

剩的所有力量當面阻止你！」

「——不，你休想！」

雪菜從古城身邊疾步穿過，朝「吸血王」衝刺而去。

只是要讓領主選鬥結束的話，古城並不需要戰鬥。趕在古城的眷獸失控之前，先由雪菜打倒「吸血王」就行了。有「寂靜破除」的能力和「雪霞狼」，那絕非不可能的事。

雪菜發動「寂靜」——理應不存在的時間。

然而，雪菜的絕對先制攻擊權在意外的形式下受了干擾。

有同樣能操控「寂靜」的某個人介入雪菜發動的「寂靜」。

「不行喔。」

「！」

女子突然出現在雪菜眼前，並且靠拳頭套上的銀色金屬製品擋下她的長槍。

她看到雪菜吃驚，便和氣地笑了笑。無可挑剔的貴氣美貌，爽朗得令人聯想到太陽光輝的快活笑容。

「妳的對手啊，是我。」

「札娜·拉修卡……？」

雪菜認出女子的身分，驚呼了一聲。「寂靜」被破，理應不存在的時間消失後，便回歸正常的時間之流。古城和紗矢華完全不懂發生了什麼，面對突然出現的美女身影，他們只是愣著而已。

「第一真祖的『血之伴侶』，怎麼會……？」

雪菜又重新提槍備戰，並且墊步後退。

儘管問題衝口而出，雪菜對答案卻已了然於心。

第一真祖是打著領主選鬥參加者的名義留在絃神島。換句話說，領主選鬥在「吸血王」敗北後結束會壞了他的好事。札娜就是體察到第一真祖的心思才會替「吸血王」助陣吧。

當然，純屬一時興起的可能性也不能完全捨棄。假如個性沒這麼奔放，想必也當不了吸血鬼真祖的「伴侶」。

「雪菜！妳趴下！」

為了援護雪菜，紗矢華揮劍朝札娜腳邊砍去。她想劈開建築物的地板讓札娜跌到樓下。

然而，札娜左手的手指虎一晃，紗矢華的攻擊就被抹消掉了。

「模擬空間斷層……遭到無效化了？」

「神格振動波……！為什麼……？」

札娜過人的能力簡直顛覆常識，紗矢華和雪菜都大為動搖。她用手指虎這種原始的武器就將「雪霞狼」和「煌華麟」——獅子王機關祕藏的武神具玩弄於股掌。

「哎呀，討厭呢，妳也好可愛……我中意妳喲。」

札娜．拉修卡撥起近似金色的紅髮，接著便伸舌舐了舐嘴唇。她挑釁似的朝著雪菜她們招手，並優雅地露出微笑。

「妳們倆一起上吧，我奉陪。來，該起舞嘍。」

6

分不清從哪裡突然現身的紅髮美女開始跟雪菜她們大打出手。古城始終將她們幾個放在視野的一隅，和「吸血王」怒目相視。

古城和「吸血王」都接近極限了，戰鬥恐怕會在一瞬間了結。有如槍手(Gunslinger)間決鬥的窒息性沉默讓古城他們的緊張逐漸升高。

「還記得我之前說過的嗎，曉古城？」

「吸血王」的小小身體被深紅霧氣籠罩，灑落的龐大魔力化為野獸的面貌。

「當下不完整的你無法勝過我！此刻亦然！」

從古城背後噴湧的魔力變成了漆黑之翼，撲向「吸血王」。

然而，在貫穿少年幼小的肉體前一刻，古城的翅膀卻迸裂爆開。「吸血王」展開了黑色翅膀，將古城的翅膀擊落。

「！」

「沒用的，曉古城。我是第四真祖的試造品，就算是未完成的失敗作，你會的技倆我也辦得到！」

「吸血王」現出餘裕的笑容大吼。

古城非得克制住眷獸的失控來打倒他，反觀「吸血王」就算自身消滅，只要能把古城逼到絕路就行了。這是從最初就對古城極端不利的戰鬥。

「而且你越是使用魔力，『宴席』的時間就越近！是我贏了，第四真祖！」

「吸血王」創造的漆黑之翼陸續貫穿古城的肉體。

古城的嘴裡吐出鮮血，視野逐漸染成深紅。

古城單膝跪在染血的地板上，凶狠地笑著面向前方。

在得意的「吸血王」背後擺著晶瑩剔透的冰塊，當中有美麗的金髮少女像胎兒般抱著雙腿沉睡著。

跟古城初次遇見她的時候一樣——

「響鳴吧！」

紗矢華灑下銀色咒符。眾多咒符幻化成猛禽姿態，從萬般角度襲向札娜．拉修卡。

「——鳴雷！」

雪菜利用紗矢華的那些式神當障眼法，一邊迴身一邊躍起對札娜用膝撞重轟。雪菜和紗矢華曾經長期一起生活，默契完美。來自全方位的同時攻擊毫無間斷，不給札娜使用「寂靜破除」的機會。但……

「快滑步！」

札娜的身體如蜃景般搖晃，輕易鑽過雪菜的攻擊。

「滑步併腿——大投躍！」

「這……是什麼身手？」

紗矢華急得皺起臉。

她放出的式神都未能觸及札娜就陸續爆開。

札娜彷彿熟練的舞孃，在地板上來去自如，雪菜她們跟不上那種異常的身手。即使靠劍巫的未來視，還是遭到札娜的身手玩弄。

「鞭轉！」

札娜高舉的右腿抽轉如鞭，襲向紗矢華。右手被制住的紗矢華發出驚呼，遭踹飛的長劍滾落地上。

「——鞭轉！鞭轉！鞭轉！鞭轉！鞭轉！」

「什……？唔……！」

札娜一邊迴身一邊使出超高速的連踢。紗矢華交錯雙臂以防硬挨攻擊，札娜卻根本不管她的防禦。修長的紗矢華像紙片一樣遭踹飛，還被逼到挑空樓層的角落。

「紗矢華！」

雪菜看見紗矢華的戰況一面倒，短短地叫了出來。

即使想要支援紗矢華，持續旋轉的札娜卻沒有破綻。若是貿然介入，難保不會讓紗矢華反受攻擊。

而且，紗矢華的性格也不會容許自己一路吃鱉。她突破極限下了好幾道體能強化咒，硬是接下札娜出的腿，並且無視防禦使出捨身的反擊。

「接我這招……填星／歲破！」

「哇喔！」

紗矢華施展的招式是從極近距離針對無法鍛鍊的致命要害——橫膈膜出掌。札娜不得不防禦。紗矢華的抵抗超乎預期，讓札娜眼裡散發喜悅的光彩。

從結果來說，紗矢華的這一掌被防住了，不過札娜原本天衣無縫的動作出現了空檔。那只是針孔般的細微空檔，但她第一次露出破綻了。

「——狻猊之神子暨高神劍巫於此祀求。」

雪菜提起銀槍起舞。將「雪霞狼」增幅的龐大靈氣環繞於身，雪菜藉此讓體能暫時性地達到非人境界。憑戰鬥技巧勝不過札娜，要凌駕於她，只能靠純粹的力量壓制。

「哦……真迷人。我最喜歡這樣的了。」

札娜領會了雪菜的心思，笑逐顏開。於是，她擺出雪菜等人沒見過的架勢。曼妙的架勢猶如人們稱作舞蹈之王的神明英姿。

「破魔的曙光、雪霞的神狼，速以鋼之神威助我伐滅惡神百鬼！」

「九夜（Navratri），第一女神（Devi）——『難以親近者』！」

札娜戴了銀色金屬製品的拳頭和雪菜的長槍迎面對轟。經過壓縮的靈氣一舉迸發，雪菜她們各自被震得後退。

爆發性的靈氣光芒充斥於樓層，剝奪了古城和「吸血王」的視野。

然而，即使在那股炫目的閃光之中，古城還是只凝望著受困於冰塊的少女。

「奧蘿菈——妳聽得見我的聲音嗎？」

古城只在口中呢喃。

當然聽不到她的回答。

不過，古城曉得，在她和自己體內的第四真祖之血將彼此的靈魂相連著，將過去的記憶和通往未來的意志相連在一起。

古城背後長出的十一片翅膀變化成十一頭眷獸的模樣。

那股破壞性的魔力洪流輕鬆掀開了基石之門的屋頂。

頭頂上有著黎明前的廣闊天空，天上有整片極光般的朝霞。

古城召喚了所有眷獸，這讓「吸血王」動搖似的將眼睛睜大一瞬。接著，他馬上也召喚了自己所有的十二頭眷獸。

第四真祖的眷獸跟具有同等力量的漆黑眷獸發生衝突。

然而，「吸血王」擁有古城所缺的第十二頭眷獸。既然彼此力量在伯仲之間，古城就絕對勝不過他。

沒錯。除非解放第十二頭眷獸，否則絕無希望——

「這次我一定會實現妳真正的心願！我要帶妳到我們的學校——彩海學園，跟淺蔥、矢瀨、凪沙——還有我在一起！」

古城朝著沉睡於冰塊中的少女伸出手。

隨後，少女的模樣就出現了異變。

金色秀髮如搖曳的蜃景般變了顏色。鑲有長長睫毛的眼睛睜開，好似散發著光芒的碧藍雙眸望向古城。將她包裹住的冰塊碎裂四散，細細手臂伸向古城。古城拔腿趕去握她的手。

雪菜、紗矢華、札娜還有「吸血王」——在場所有人都茫然望著那不可置信的光景。

古城和奧蘿菈之間一句話都沒說。

他們互相凝望過片刻，然後將交握的手舉至頭上。

接著，古城和她同時高喊。彷彿兩個人就是一體的吸血鬼——

「——迅即到來，『妖姬之蒼冰』！」

蒼藍剔透的冰之妖鳥在黎明的天空張開了翅膀。

純白寒氣籠罩世界，將映於眼裡的一切凍結。

「曉……古城……！」

「吸血王」全身結凍變白，恍惚似的瞳孔放大，直盯著古城他們。

除非第十二頭眷獸獲得解放，否則古城勝不過他。然而，第十二頭眷獸一旦醒來，要分勝負便是靠彼此的魔力總量。

「吸血王」連自身的「負之生命力」都承受不住，自然不可能勝過以無窮魔力為豪的第四真祖。

「姊姊……為什麼……！」

「吸血王」向和古城牽手的奧蘿菈虛弱地問道。

隨後，他的全身便碎成粉末。

被取名為「無」的少年接著化成純白霧氣，被海風吹散，完完全全地消失了。

7

「古城……」

在純白的寒霧當中，藍眼少女凝望著古城。

古城用力抱緊了她冷透的小小身體。

近得幾乎能觸及彼此氣息的兩人互相凝望。原本覺得永遠都無法見面了，卻好像直到昨天都待在一起的奇妙感覺。終於跟分隔兩地的半身再會時，或許就會有這樣的心情。

「總算見到面了呢。」

古城感慨萬千地嘀咕，少女便微微搖了頭。

「吾之魂魄時時於汝身旁。」

「對喔，似乎是這樣。」

古城看似落寞地微笑，然後點頭。一度完全消滅後直到獲得新肉體的這段期間，奧蘿菈的靈魂都待在凪沙體內。古城不知不覺就跟她度過了同樣的時光。

「即使如此，能見到妳實在太好了。」

古城毅然告訴她。

「吾亦同──」

少女的眼中盈出了淚水。那是代表喜悅，以及惜別的眼淚。

解放第十二號眷獸之後，她身為封印的職責結束了。

失去魔力的吸血鬼將無法維持其肉體。名為奧蘿菈・弗洛雷斯緹納的少女就要消失了。

這一次，會是完完全全地消失。

即使如此，少女仍空靈地微笑搖頭說：

「哪怕此身消逝如泡影，能與汝這般相見，乃無上之喜悅。」

「不，這次我不會失去妳。絕對不會。」

古城幾乎像在自我說服般道出覺悟的話語。

他的眼睛染為深紅，自信笑著的嘴邊冒出獠牙。

「然而……吾身難逃崩解之宿命……」

少女望著自己開始消滅的雙手，無助地搖了搖頭。

而古城硬是摟住了她。少女警覺地睜大眼睛。

古城悄悄將嘴脣游移至她細細的頸子，將獠牙埋進柔軟的肌膚。

「抱歉，奧蘿菈。」

「古城……汝……！」

少女的聲音幽幽地斷了，不久就變成急促的呼吸聲。

古城仍緊緊摟著她，並且懷著罪惡感，在內心祈禱。

「活下去，奧蘿菈……！就算要把我所有的力量交換出去……！」

白色的寂靜充斥於基石之門的頂樓。

原本在上空作戰的眷獸們消失蹤影，肆虐的魔力也完全消滅了。古城和「吸血王」的戰鬥應該算勝負已分。

徒留冰冷的霧氣而已。

「結束了……嗎？」

紗矢華不安地嘀咕，並擦去嘴脣破掉流出的血。

雪菜閉上眼睛默默點了頭。

古城解放了第十二號眷獸。那表示他覺醒成完整的第四真祖，奧蘿菈已經消滅了。得以免去「焰光之宴」，領主選鬥也接近結束。

然而，那究竟是不是古城所求的結局——雪菜並不清楚。

紗矢華撿起脫手的長劍。

就在隨後，不知道從哪裡傳來了稀稀落落的掌聲。

雪菜和紗矢華反射性地擺出架勢備戰。

從瀰漫的霧氣之中，有個白皙的中年男子穿著一襲剪裁合宜的西裝現身。

「絃神島的真正領主誕生了是嗎？」

男子悠然地繼續拍手說道。平緩卻嘹亮，慣於在人前講話者會有的嗓音。

「MAR總帥……夏夫利亞爾‧連……」

紗矢華叫了他的名字。全球屈指可數的巨大魔導產業複合體——Magna Ataraxia Research的老闆，對政經界影響力甚鉅的大富豪。

那名男子出現在第四真祖戰鬥的現場，臉上浮現了愉悅似的表情。

他將代替護衛的無人兵器帶在左右——用於對付魔族的兩輛有腳戰車。

然而，他左邊的有腳戰車突然發出「啪嘎」一聲損毀了。強化塑膠製的裝甲被劈成兩半，內部機械飛散出來。劇烈火花從戰車灑落，機能隨之停止。

「臭傢伙！終於找到你了，夏夫利亞爾！」

從通道裡出現了街頭風打扮，留雷鬼頭的年輕人。來自監獄結界的前逃犯，修特拉．D。他揮舞無形利刃，將另一輛有腳戰車也破壞掉。

於是修特拉的視線在最後指向夏夫利亞爾．連。為了發出無形利刃，修特拉高舉右臂。

「吃我的轟嵐——」

「真吵。」

連面色不改，微微彈響了左手指頭。

剎那間，修特拉的腹部濺出鮮血。他滿臉無法置信地嘔出一大團血，雙膝癱軟在地。

「在新王尊駕面前，何須以無謂的血玷汙場面……不過，也許這種演出與第四真祖的覺醒正好搭調。」

連低頭看著發出痛苦聲音的修特拉，並且面無表情地告訴他。

他用的是與修特拉那種無形利刃相同的能力，但是在速度和精度上規模有別。夏夫利亞爾．連的攻擊洗鍊過人，那恐怕是因為他們身為「天部」的層次並不同。

「……『天部』的念動力（Psychokinesis）……」

紗矢華聲音顫抖著嘀咕了一句。連誇張地擺出苦笑搖頭說：

「希望妳改稱神力。畢竟我也不情願被拿來跟超能力者……也就是你們稱作過度適應能力者的冒牌貨混為一談。」

「混帳……東西！」

渾身是血倒下的修特拉・D瞪著MAR總帥，對他破口咒罵。接著，他一臉拚命地朝著雪菜等人喊道：

「喂，女人！快阻止夏夫利亞爾・連那個臭傢伙！那傢伙打算『開啟基石之門』！」

「開啟……基石之門？」

紗矢華發出疑惑的聲音。

基石之門是建築物的名稱。它對絃神島來說固然是重要的建築物，但實際上並沒有可以稱為「門」的部分。

可是連聽見修特拉的話，卻佩服似的「哦」地挑了眉。

接著，他從西裝懷裡掏出劍。十分舊的鐵灰色短劍。

「你差不多可以露面了吧，第四真祖？不，應該叫你前第四真祖嗎——曉古城？」

連瞪了終於開始散去的霧氣深處，並且喚道。

雪菜等人也跟著朝通道響起的腳步聲望去。

撥開白色霧氣現身的是古城，然而感覺卻與雪菜等人認識的古城有些不同。之前變成金色的頭髮恢復為原本的顏色，而他抱在懷裡的是嬌小的金髮少女。

「學……長……？」

「奧蘿菈．弗洛雷斯緹納沒有消失……這樣啊……」

雪菜和紗矢華冒出了聲音。

古城與「吸血王」之戰分出勝負了。第十二號眷獸被解放，「焰光之宴」得以免去。然而理應消失的奧蘿菈如今仍被古城抱在懷裡。

「那就是你的選擇嗎……曉古城？比起第四真祖的力量，你寧可選那個少女。」

連握著鐵灰色短劍格格發笑。

他那句話讓雪菜理解古城身上出了什麼事。

體內封印的眷獸一旦解放，奧蘿菈就會消失。

被解放的眷獸將回到原本的宿主第四真祖身邊，奧蘿菈身為人工吸血鬼，喪失了眷獸作為魔力來源，便無法維持肉體。

但是，既然被解放的眷獸會回到第四真祖身邊，「讓奧蘿菈本人成為第四真祖就行了」

——這就是古城所做的決斷。

靈魂複寫（Overwrite）。將第四真祖的所有能力移轉給奧蘿菈。

假如古城是先天的第四真祖，當然辦不到這種事。

然而，古城原本只是個凡人。他是後天性變成吸血鬼，性質特異的第四真祖。

何況讓古城成為第四真祖的並非別人，就是奧蘿菈。古城只是將借來的能力歸還給之前的第四真祖罷了。

如此這般，最後的「焰光夜伯」，第十二號奧蘿菈成了新的第四真祖。

完整統有全部十二頭眷獸的第四真祖——

「為了製造出來的少女，捨棄世界最強吸血鬼之力。實在是戲劇性十足的落幕方式。雖然我完全沒辦法理解——唉，也罷。不管怎樣，完整的第四真祖復活一事並無改變。將祭品獻給名為絃神島的祭壇，在此打開大門（Gate）吧。」

「你說……祭品？」

古城看了夏夫利亞爾．連舉起的短劍，表情為之僵凝。

因為他發現那散發著鐵灰色光芒的外觀與名叫咎神魔具的裝備十分類似。

「基石之門……！」

紗矢華察覺自己所在的建築物產生異變，便發出驚呼。

整座雄偉的基石之門隆隆作響，外牆逐漸染上不祥的鐵灰色闇影。建築本身正在與連舉起的短劍共鳴。

「四年前——從地中海發掘出來的第十二號奧蘿菈會被運來絃神島並非偶然，一切事情都發生在我們ＭＡＲ的手掌心。」

連仍將短劍舉向天空，並自言自語似的說明。

「說起來，狀況倒不值得我自吹自擂。多虧意外事件接連發生，第四真祖花了滿長一段時間才完全復活。」

「唔喔……！」

古城遭受看不見的衝擊飛了出去。那是夏夫利亞爾・連的念動力。

古城之所以免於受傷，應該要託夏夫利亞爾・連手下留情之福。

然而，那並不是體貼古城而有的行動。連的目的在於從古城手裡搶走奧蘿菈。

「奧蘿菈！」

依舊沉睡著的奧蘿菈肉體逐漸飄到基石之門的上空。

跟夏夫利亞爾・連手上魔具產生共鳴的並不只建築物，奧蘿菈的肉體也被鐵灰色闇影籠罩了。

連舉起的短劍應該就是被指稱由他所竊的「天部」遺產。

而且，人們口中的第四真祖也是出於「天部」之手的人工吸血鬼，即使兩者之間有什麼關聯也不意外。

進一步說，就連絃神島的建造工程本身，ＭＡＲ都有深入參與。當然，基石之門的設計也是。

作為祭壇的絃神島；變為完整的第四真祖；「天部」的魔具——

夏夫利亞爾．連所要的一切，此時此刻齊聚於現場了。

「意外事件也帶來了收穫，那就是絃神新島的出現。沼龍葛蓮妲開示的絃神新島座標，還有藍羽淺蔥留下的『聖殲』數據——如此一來，開啟基石之門的準備都齊了。接下來只要有獻給祭壇的活祭品就好。」

飄在天空的奧蘿菈張開了十二片翅膀。

第四真祖變為完整後的無窮魔力逐漸供給到基石之門，古城等人只能茫然望著那一幕。到底有什麼事正要發生？古城等人就連這一點都不知道。

古城等人背後傳來了「鏗啷」的聲音。

全身披甲的高大劍士從空中摔了下來。他跟修特拉．D一樣，原本都是逃犯，出自屠龍者一族的男子。

「你……丹伯葛萊夫！這麼簡單就被幹掉是能搞屁啊，混帳！」

身負重傷的劍士被修特拉．D罵得狗血淋頭。叫罵的他自己也受了瀕死重傷。

把丹伯葛萊夫從空中扔下來的是一頭赤銅色的龍。末日教團最後一頭使徒——炎龍。

「你似乎有過一場苦戰呢，克雷多。」

夏夫利亞爾．連看似親暱地朝從天而降的龍喚道。

這般事實讓古城為之愕然。雖然ＭＡＲ跟末日教團在背後勾結是早就知道的事，但原本以為在「吸血王」身邊擔任心腹的龍竟然是連手上的棋子，這就出乎意料了。

「不過我會按照約定，讓你們龍族見到故鄉的景色。」

連無視動搖的古城等人，伸手碰觸短劍的劍刃。

剎那間，世界變樣了。

原本開始泛白的黎明天空被鐵灰色蓋過。

「天空……有城市……」

雪菜驚訝得聲音發抖。

呈星雲狀打轉的雄偉城市掩蓋了絃神島上空。

那模樣跟咎神該隱留下的要塞都市——絃神新島十分相像。

可是，規模和面積相差懸殊。

連廣大的絃神新島在浮於天空的異形都市裡都只占了一小部分。

浮在太平洋上的絃神島。

還有浮在天空的異形都市。

兩座城市酷似得有如攬鏡相照。抬頭緊盯著城市，會分不出哪邊是地上，哪邊浮在天空。有種往天空墜落的錯覺。

將兩者相連在一起的是個少女——擁有十二片翅膀的吸血鬼。

「這種景色……！」

古城望著異形都市的街景咕噥。他認得這種風景，在咎神該隱的記憶裡見過的景色。

「以往咎神該隱支配的浮遊人工島——你們稱為異境的世界，真面目就是如此。」

夏夫利亞爾．連愉快似的望著動搖的古城，揭露出其中玄機。

人工島這個出自他口中的字眼聽起來十分荒唐。畢竟蓋滿天空的巨大城市雄偉到幾乎可以稱作大陸。

「只有魔力龐大得匹敵該隱的人才能把這個世界和異境連接在一起。換句話說，只有為了消滅該隱而造出的世界最強吸血鬼，第四真祖才能辦到——」

連確認過異形都市完全具現成形，就揮下了短劍。

籠罩基石之門的鐵灰色闇影隨之消失，建築物也停止隆隆作響。

奧蘿菈背後的翅膀跟著消失，好似垂下來的線斷了，她開始緩緩地墜落。不是朝地面，而是朝著天空——

「你的目的是什麼，夏夫利亞爾．連？」

古城瞪向白皙的「天部」。

連則是回望古城，十分冷淡地露出微笑。

「我啊，可討厭你了，曉古城。」

「什麼……？」

「我恨你生為凡人，卻獲得了第四真祖的力量。所謂吸血鬼之力，便是我們『天部』懷有的憎恨本身。那並不是區區人類可以碰觸的！」

連毫不掩飾地將憎惡發洩出來，讓古城感覺到刺膚般的疼痛。

此刻的古城只是個無力的普通人，擁有神力的連若要殺他，應該一根指頭都不必動。

可是，連不會那麼做。要讓古城自覺無力而痛苦，就必須讓他活著。

「於古時的大聖殲，異境之力曾折磨我等『天部』——而我要將其納入手中，然後將世界再度取回『天部』手裡。『吸血王』應該有這麼說過——領主選鬥的贏家，就是統治世上一切的領主。」

連陶醉似的張開雙臂。

他的話並不誇張。光是留在絃神新島的古代兵器（納拉克維勒），戰力就足以輕易消滅小國。那座雄偉的浮遊都市會具備多強的戰力，古城想都無法想像。即使聖域條約機構軍全軍出動，恐怕也不是對手。

必須趕在連得手以前先阻止他才行。但是——

「現在的你已無能力阻止。主動捨棄第四真祖之力的你是咎由自取——！」

「天部」的後裔用辛辣言詞扎在古城胸口。

赤銅色的龍用前肢載著連，並拍動翅膀。

他們打算搶先任何人前往異境。連的部下——載著ＭＡＲ戰鬥部隊的直升機，也正從絃神新島的各處起飛。

「奧蘿菈……」

即使飛走的龍已經不見蹤影，古城仍仰望著頭上。

滿蓋天空的鐵灰色城市，有個少女墜落在那裡的某處。

復活成為第四真祖的少女——

「妳等我吧……奧蘿菈。」

古城朝天空低聲嘀咕，然後緊握拳頭。

身為無力人類的小小拳頭。

終章

Outro

嘉妲・庫寇坎從靠岸的潛水空母甲板上仰望著天空。

散發出鐵灰色光芒的異形街景如蜃景般飄浮著。

彷彿倒映在鏡中，與紘神島相向的顛倒城市。

「異境是嗎……」

嘉妲瞇細翡翠色眼睛，不帶情緒地嘀咕了一句。

而在嘉妲背後，大氣飄然晃動起來。穿紅禮服的吸血鬼搭在巨大神鳥背上，從天而降。

「挺讓人懷念的風景……呢。」

艾索德古爾任由紫色秀髮隨海風起舞，還親暱地朝嘉妲投以微笑。

嘉妲露骨地提起戒心，瞇細了眼。一向高傲的她難得像這樣將情緒表露在外。

「你來做什麼，瞳王？總不會真的想奉陪這場名為領主選鬥的兒戲？」

艾索德古爾若無其事地回望嫌惡感畢露的嘉妲，然後嘆息。

「『無』消滅了……喲。」

「……是嗎？」

嘉妲的眼皮頓時顫了一下。

第四真祖的試造品，第零號「焰光夜伯」——嘉妲對他並沒有特別深厚的感情，但是對不老不死的吸血鬼來說，那是從古老到令人昏倒的昔時就存在於同一個世界的同類，他的消滅並非沒有勾起落寞的情緒。

然而，嘉妲的那種感傷被艾索德的下一句話抹去了。

「曉古城好像捨棄了第四真祖之力……喔。」

「為了救第十二號嗎？那男的真會違背我們的預料。」

嘉妲焦躁地板起臉。

命運坎坷地獲得了第四真祖之力的人類少年——嘉妲曾與他交手過一次。用來代替問候的那場戰鬥就跟玩耍一樣，當中卻有種不可思議的手感，著實讓嘉妲的心為之沸騰。何況他選為「伴侶」的那些少女多少也有取悅到嘉妲，或許嘉妲對曉古城這名少年的中意程度，是足以衷心期盼他成為完整第四真祖的。

「但是，那傢伙判斷有誤。出於人工的『最強』無法得勝，無論是對上我們，或者『天部』都一樣。」

「是啊……令人遺憾……呢……實在……遺憾。」

艾索德閉上眼睛，緩緩搖頭。

嘉妲微微哼了一聲，然後再次仰望天空。

利用變為完整第四真祖的第十二號奧蘿菈，異境於人世出現了。領主選鬥和「吸血王」不過是用來促成此局面的棋子而已。

而且在受到利用這方面，嘉妲他們也一樣。儘管有些部分是刻意順著幕後黑手之意，單方面被人利用仍不是多愉快的事情。

「妳打算怎麼辦……呢？『混沌皇女』？」

艾索德似乎看穿了嘉妲的內心，便含笑問道。

受「他」牽引，嘉妲也跟著殘酷地笑了。

「這還用問。領主選鬥不就是為了決定誰當異境領主而辦的？」

「呵呵，或許我們的願望終於要實現了……對吧？」

艾索德用若有深意的眼神看向異形都市。

「願望是嗎……你要的是什麼，『滅絕之瞳』？鬥爭，或者滅亡？」

嘉妲嘲弄似的問了紫色頭髮的真祖。

艾索德古爾什麼也不答，只是優雅地揚起嘴角。

神鳥拍動巨大的翅膀，逐漸飛上黎明的天空。

嘉妲默默目送那道身影。

爭奪異形都市支配權的死鬥於這天早上揭幕了。

†

穿運動服的藍羽淺蔥撥了撥剛睡醒的蓬亂頭髮，一邊探頭望向電腦畫面。滿布於畫面的無數視窗內，有數量龐大的二進位數據排山倒海地從中流過。常人完全無法理解那些情報，然而淺蔥望著那些情報的眼裡卻浮現了驚愕之色。

「人工島管理公社的機能恢復了……？」

擺在魔族社社辦的大型電腦主機裡，全力運轉的冷卻扇正吐出熱氣。原本壅塞的情報一舉流入，電腦的處理能力追不上了。

「怎麼搞的嘛，摩怪！浮在天空的那東西是什麼？領主選鬥的狀況呢！」

淺蔥朝搭檔人工智慧（AI）問。

然而，醜布偶造型的電腦化身（Avatar）什麼也沒有回答。它就像不具意志的普通多邊形資料，只會在畫面一角轉圈圈。

「……摩怪？」

淺蔥操作鍵盤。她打算重新啟動人工智慧的客戶端程式。然而在淺蔥輸入完指令之前，畫面就亂掉了。

摩怪的ＣＧ圖像遭到解體，奇妙的文章取而代之出現。

經過密碼化的成串文字。淺蔥之外的某個人暗藏於摩怪體內——紘神島主電腦當中的訊息。

「這是……什麼嘛……？」

淺蔥望著那串文字，困惑似的發出驚呼。

純粹的驚愕之色逐漸在她睜大的眼裡擴散開來。

†

羽波唯里在完全倒塌的倉庫原址抱著腿縮成一團。

低著頭的她臉頰被淚水濡濕，還有所壓抑似的頻頻發出嗚咽聲。

「唯里，妳還好吧？」

志緒蹲到她身邊，擔心地喚道。唯里卻沒有抬起臉，只打了小小的哭嗝來代替回答。

「傷口會痛嗎？」

志緒望著她破破爛爛的制服問。唯里受到「吸血王」用眷獸攻擊，傷勢在現場留下來的人當中最為嚴重。

話雖如此，用咒術做的治療已經生效。等一個星期過去，連疤痕都不會留下。

唯里默默地搖頭，彷彿在表示：我沒事。

「既然這樣，妳就別再哭了啦。」

志緒說著便把手擺到好友的肩上。唯里抬起哭花的臉看向她，那是幼兒般毫無防備的哭臉。

「誰教……我居然動手……想殺奧蘿菈……」

「沒辦法吧。姬柊雪菜和奧蘿菈都了解妳的心情啦。」

志緒摟住哭著打嗝的唯里。為了阻止「焰光之宴」，唯里打算殺害奧蘿菈的判斷絕非有誤。畢竟雪菜也曾打算做一樣的事，連奧蘿菈都接納了那樣的命運。沒有人會責怪唯里，除了唯里自己。

而矢瀨基樹待在較遠處，望著唯里和志緒的身影。

他把玩掛在脖子上的耳機，仰望映於天空的異形都市。

「懸浮人工島……另一座絃神島嗎……」

應該是末日教團占領基石之門一事落幕，絃神島的通訊網路就恢復功能了。矢瀨的手機收到了人工島管理公社洶湧傳來的訊息。

由於「吸血王」消滅，以及流亡領主人選引發的暴動，地表上的領主選鬥逐步落到暫時休戰的形勢。

即使如此，三位真祖還是留在絃神島。領主選鬥並未結束，爭鬥的舞台只是從地表上轉移到浮在天空的異形都市而已。

「所以這是場賭上世界命運的比賽，看誰能先把異境納入手掌心。事情真夠麻煩的。」

矢瀨粗魯地咂嘴搖搖頭。

就算他掌握得到狀況，人工島管理公社也已經無能為力了。「魔族特區」絃神島保有的最大戰力是世界最強吸血鬼，第四真祖。

然而，那位第四真祖已經不在了。

被稱為第四真祖的少年已不復存在。

✝

從半毀的基石之門頂樓可以將黎明的海平線看得很清楚。

如寶石般蔚藍澄澈的海面；朝天空展開的緋紅漸層色。太陽懸在海天之間，綻放出火焰般的光芒。

古城站在雪菜旁邊，默默望著那幕光景。

「真是漂亮耶，姬柊。」

古城喃喃嘀咕，讓雪菜嚇得抬起臉龐。

朝陽照在望著古城的雪菜臉上，雙頰染有紅暈。

「沒想到陽光曬起來這麼舒服，我都忘記了。」

古城用有幾分舒坦的口氣說道。這樣啊——雪菜釋懷似的點頭，還羞愧地垂下肩膀嘀咕：原來漂亮是指那邊啊，我想也是。

「學長真的變回人類了呢。」

雪菜彷彿有著深切的體會，這麼開了口。

從古城變成吸血鬼以後，早上的陽光對他來說，只是格外耀眼又刺激皮膚的煩人存在。儘管還不至於讓他曬成灰，會有不快的刺激仍是事實。

古城看著朝陽，心裡有所感動。他自己也對這樣的反應感到不可思議。

「我覺得可能性是有的。只要讓奧蘿菈成為真正的第四真祖，而不是用來封印眷獸的器具，她是不是就不會消滅了——」

古城挑明似的說起藉口。

那並不是毫無勝算的賭局。雖然只有短瞬間，以往奧蘿菈也曾一度成為第四真祖。第四真祖的那些眷獸大有可能認她當宿主。

然而，古城當然並沒有把握事情會進展順利。

「說不定學長本來是會代替她消滅的耶。」

雪菜怪罪般瞪向古城。

「是嗎……說來也對喔。」

古城聳聳肩膀，無力地笑了笑。

就算古城放棄第四真祖之力，也不保證就能變回人類。身為失去魔力的吸血鬼，會消滅反而比較自然。古城能像這樣迎接早晨是計算之外的僥倖，雪菜會對他那魯莽的行動生氣也是在所難免。

「受不了……真拿你這個人沒辦法。」

彷彿在教訓不成材的弟弟，雪菜大大地嘆息。

古城感覺說教似乎會拖很久，就連忙換了話題。

「呃～～對了，煌坂呢？」

「她去師尊大人那邊了，要報告連總帥的行動，還有奧蘿菈的事情。」

雪菜用認真的語氣回答。

「是嗎？」

古城有些落寞地笑著仰望天空。

夏夫利亞爾・連的野心揭露後，既然領主選鬥的舞台轉到異境，以獅子王機關的立場也不能對那座城市放置不管。紗矢華等人恐怕也會追著連到異境一闖吧。

「這樣的話，我也要跟妳道別了呢。」

「……咦？」

雪菜驚訝似的眨起眼睛。她那樣的反應反倒讓古城困惑地說：

「妳負責監視第四真祖吧？既然這樣，應該已經沒有理由繼續糾纏我啦。」

「……糾纏？」

雪菜有些不悅地噘起嘴。古城無心的一句話流露出的困擾調調讓她起了反應。

「唉，沒有啦，過去受妳照顧了。別看我這樣，對妳姑且還是懷有感謝的。」

「姑且是嗎……這樣啊……」

雪菜瞪著急忙開口粉飾的古城，「唉」地發出嘆息。

「先聲明，我是會跟學長在一起的喔。」

「咦？為什麼啦？」

「為什麼你一副不滿的樣子呢？」

雪菜生氣似的變得橫眉豎目，左手還伸向古城。

在她的無名指上戴了銀亮的戒指型魔具。那是利用第四真祖的「負之生命力」來抑制雪菜過剩靈力的道具。

「學長忘了嗎？因為你不是吸血鬼了，我也就不能再用靈力了。我是靠著成為學長的『血之隨從』才能抑制靈力失控的啊。」

「啊……對喔……姬柊，那麼妳……」

古城茫然望著雪菜。古城決定放棄第四真祖之力，以結果而言，也連帶從雪菜身上剝奪了她的力量。

不過雪菜並沒有抱怨這樣的事實，而是搖著頭說：

「是的。我已經不是劍巫了，跟不是第四真祖的學長一樣呢。」

雪菜仰望動搖的古城，使壞似的笑了出來。

接著，她忽然凌厲地收斂起表情。

「何況學長就算變回普通人，也沒有打算就這樣放著奧蘿菈不管，對不對？」

古城默默回望雪菜片刻，雪菜卻沒有轉開目光。她的眼睛好似已經看透一切，古城便投降般朝她舉起雙手。

「是我害奧蘿菈變成第四真祖，然後墜入異境的。」

古城壓抑著感情，靜靜地嘀咕。雪菜無言地默默點頭。

「我不會讓她再被任何人利用，不管對方是『天部』還是真祖，我絕對要把奧蘿菈帶回來。接下來，是屬於曉古城的戰爭……！」

古城在自己胸前用力握緊拳頭。

雪菜用自己的拳頭輕輕碰向他的手背。接著她便祈禱般用雙手包覆住古城的拳頭。這種稚氣舉動不符合雪菜總是正經八百的作風。

「不，學長，這是我們的聖戰才對。」

「姬柊……」

雪菜這句話說得彷彿理所當然，讓古城稍稍愣住以後就小聲地噗哧笑了出來。而雪菜大概是對他的反應感到不滿，便有些氣惱地加重握住古城手的力道。

「我們走吧，學長。」

雪菜毅然地微笑並且說道。

如今的古城沒有第四真祖之力，與擁有強大異能的「天部」後裔或吸血鬼真祖相比，實在太過無力。即使如此，古城仍有他該做的事。

而且，古城並不是一個人。

「好。」

古城仰望浮在天空的異形都市。在那裡的某處，有他該帶回的少女——第四真祖奧蘿菈・弗洛雷斯緹納。

古城確認以後，便朝著擴展在眼底的「魔族特區」絃神島邁步走去。

為了再次得到實現心願的力量——

後記

時為令和元年——！

就這樣，新年號最初的《噬血狂襲》已向各位奉上。

接續上一集的領主選鬥篇，作品中的領主選鬥這項活動在這次劇情裡迎來了幾乎接近終局的狀態。

其實真祖大戰後的故事，有些部分就是為了刻劃最後一幕的兩人而持續寫過來的，能設法讓劇情平安著落讓我稍微鬆了口氣。

能要求的話，我還希望將無名流亡領主們的戰鬥及普通民眾的狀況描寫得更扎實，可是當然沒有那種多餘的頁數，就被無情地刪掉了。雖然我也想在跟古城等人無關的地方試著描寫路人魔族慷慨激昂地展開激烈對打的故事……但這只能在搞不懂對誰有好處的謎樣外傳企畫弄了。

那且不提，下次的舞台終於要移到那座都市，預計會將以往的故事情節做個總決算。至於回歸日常生活的戲碼，還請各位再等一會兒。

這次古城活躍的機會感覺較少（不過還是有占到便宜），下次在某方面會回歸原點，變成以古城和雪菜（還有奧蘿菈）為故事中心。敬請各位奉陪到最後！

那麼，與文庫版這邊同時有所進展，ＯＶＡ的《噬血狂襲Ⅲ》正發行上市，預計共五卷，目前已經出到第二卷（在我執筆這篇原稿時）。內容則是從文庫第十三集〈深淵薔薇〉篇演到第十四集〈黃金時光〉篇。

而且在這之後，影像化的企畫已經敲定要改編到第十五集〈真祖大戰〉篇了。先前我讀了從頭至尾完成的劇本（終於），個人希望在動畫看到的場面都有放進去，我猜內容應該不會辜負各位的期待。若您願意觀賞便是我的榮幸，拜託拜託。

另外在雜誌《電擊文庫ＭＡＧＡＺＩＮＥ》有あかりりゅりゅ羽老師的《噬血狂襲　這裡是彩海學園國中部》連載。

該作品是以國中部三人組雪菜、凪沙、夏音為主角的日常四格漫畫。除了她們還有其他班底也會客串登場，因此我每回都在期待會描繪成什麼樣。請各位也務必參考看看！

這陣子關於我本身倒是沒有什麼有趣的插曲可談，但其實在已經過去的二〇一九年二

月，我迎接了作家出道二十週年。

我的出道作《Gold Gehenna》跟本作一樣，也是由電擊文庫出版。

儘管這並不是寫得久就有什麼了不起的業界，能在同品牌下持續寫作這麼久，全是拜閱讀我作品至今的各位所賜，由衷感謝大家。謝謝！

就這樣，以時間而言到了一個段落，接下來我仍想照自己的步調一步步往前進。今天我還想寫許多新的作品，企畫的內容若能成形就太高興了。我會加油！

負責本作插畫的マニャ子老師，這次也備受您照顧了。系列作品出到二十集，登場人物也實在多得一團亂，但您依然能將每個角色都畫得很有魅力，真的感謝您。

更要由衷感謝所有參與製作／發行本書的相關人士。在工作排程方面，一直到平成最後一刻都給各位添了麻煩，我謹在此致上歉意。

對於讀完本書的各位讀者，我當然也要致上最高的感謝。

那麼，但願我們還能在下一集相見。

三雲岳斗

噬血狂襲APPEND 1~2 待續

Kadokawa Fantastic Novels

作者：三雲岳斗　插畫：マニャ子

彩海學園校慶彩昂祭即將舉辦，
學校裡狀況卻層出不窮……？

彩海學園校慶——彩昂祭舉辦前夕，古城等人忙著為班上推出的虛擬實境鬼屋做準備，卻有謎樣數據混進裡頭，導致幻術伺服器失控。園遊會的餐飲被摻入魔法藥；在班級話劇表演到一半的雪菜遭怪物襲擊。暗中操作所有事件的幕後黑手究竟有什麼目的……？

各 **NT$200~220/HK$67~73**

叛亂機械 1 待續

作者：ミサキナギ　插畫：れい亜

Kadokawa Fantastic Novels

自動人偶×吸血鬼，
正義與反抗的新時代戰鬥奇幻！

對吸血鬼戰鬥用自動人偶「白檀式」將歐洲從吸血鬼軍的侵略下解救出來。事隔十年覺醒的第陸號水無月對戰後狀況感到愕然——海爾懷茲公國成了人類與吸血鬼和平共處的共和國。他認識了白檀博士的女兒嘉音以及吸血鬼公主麗姐，漸漸接受新的生活——

NT$220/HK$73